ベリーズ文庫

新妻独占
一途な御曹司の愛してるがとまらない

小春りん

STARTS
スターツ出版株式会社

目次

新妻独占
一途な御曹司の愛してるがとまらない

「結婚しよう」


「おばあちゃん、遅くなってごめんね。調子はどう？」

十七時の風は、生ぬるい。定時で仕事を終えた後、下着の替えが詰まったバッグを抱えた私は通い慣れた道を急いだ。目的地は、この辺りで三番目に大きな病院だ。今、ここには私の父方の祖母が入院している。

「桜《さくら》ちゃん、お勤めご苦労さま。今日はね、だいぶ調子もよかったのよ。毎日毎日、来てくれてありがとうね」

真っ白な廊下を歩いて祖母の待つ病室の扉を開けると、私を見た祖母は花が開くように微笑んだ。部屋の中を明るくするアイボリーのカーテン。ほんのりと香る、消毒液のにおい。祖母の笑顔を見ると、一日の終わりを実感する。

「だけど桜ちゃんも疲れているだろうし、無理して毎日来てくれなくてもいいのよ？」

「なに言ってるの。私が、おばあちゃんに会いたいから来てるだけだもん。それに私が会社でしてる仕事なんてたいしたことじゃないし……。全然疲れてないから、大丈夫だよ」

ケロッと笑いながら答えると、祖母は困ったように笑った。

小学校に上がってすぐの頃、両親を交通事故で亡くした私にとって、祖母は唯一の肉親だ。

――これから、どうすればいい？　遠い日の記憶の片隅で震える幼い私を救ってくれたのは、とても優しく温かい声だった。

『桜ちゃん、大丈夫よ。今日から、私があなたを守るから。一緒に家に帰りましょう』

そう言って抱きしめてくれた祖母のぬくもりを、私は生涯忘れない。

「……桜ちゃん、どうしたの？」

「え……」

ぼんやりと、懐かしい記憶に思いを馳せていた私は、祖母の声で我に返った。

顔を上げると、そこには心配そうに私を見守る優しい目があって、慌てて「なんでもないよ」と笑顔をつくる。

「そういえば今日、課長がね。出張のお土産にってお菓子をみんなに配ってくれたんだけど、それが全然おいしくなくて困っちゃった」

「あら、そうなの？　それはちょっと、おばあちゃんも食べてみたかったな」

「えー、それなら一個、もらってくればよかったな。もう本当に人気なくて、パートさんと〝どうする？〟って、すごく悩んだもん」

下着の替えを指定されている場所に入れながら、他愛もない話をすると、再び祖母の顔が綻んだ。

観光地のお土産物や、結婚式の引き出物を取り扱う中小企業に勤めて早五年。出社は朝の八時、定時は十七時という会社で、私は一般事務をしていた。

営業部の人たちに頼まれた領収書の整理や見積書の作成。お客様が来たときのお茶出しや、会議用書類の用意。必要品の注文や在庫確認、雑用まで。やっていることは私でなくともできることばかりだから、やり甲斐があるかと聞かれれば、「ない」と答えてしまうだろう。だけど今の私にとっては、そんなことは二の次、三の次だ。

「結局、お菓子も残ったままにしてきたから、明日課長に見つかったら小言を言われそう」

今の会社は中小企業ではあるものの、それなりに安定した企業といえる。それというのも系列の親会社がブライダル業界で最大手の企業だからだ。十数年前に買収されて以来、子会社のひとつとしてがんばっているらしい。

祖母が入院している病院へも通いやすく、有給制度も充実していて、福利厚生もしっかりした会社。だから、やり甲斐がどうのこうのよりも、今の会社に勤めていられることは幸運だと思っているし、恵まれているとさえ思う。

　三日に一度嫌みを言ってくる上司や、何度注意しても仕事中の私語がおさまらない後輩。愚痴ばかりをこぼす営業さんもいるけれど、そんなことも全部、我慢できた。

「ふふっ。でも、せっかく課長さんが買ってきてくれたお土産だもの。全部食べてあげなきゃ、課長さんが報われないわ」

「だよねぇ」

「ええ。それで今度こそ、おいしいお土産を買ってきてもらえるように期待しましょう。きっと、それが円満への近道よ」

　クスクスと祖母がおもしろそうに笑うから、私までつられて笑ってしまった。

　窓の外では日が落ちようとしている。――これが私の日常だ。

　一番大切な人と過ごす、一番大切な時間で、なによりも優先すべきこと。祖母の笑顔を守るためならなんだってしてみせると五年前に心に誓った。祖母の最善が私の最善であり、祖母と生きていくためなら、なにを捨ててもかまわないとさえ思うのだ。

「おばあちゃん、明日は土曜日で仕事も休みだし、朝から――」

「そういえば、この間、桜ちゃんが作って見せてくれた指輪、とってもかわいいですねって看護師さんが褒めてたのよ」

「え……？」

けれど、そんな私の思いを見透かしたように、祖母がなにげなく話題を変えた。

不意を突かれたせいで声を詰まらせれば、祖母は穏やかに目を細めて私の手を握る。

「それで、詳しくはわからないんだけどインターネットっていうところで買えるみたいなのってお話ししたら、今度ぜひ、教えてほしいって言われたわ」

「おばあちゃん……」

「おばあちゃん、桜ちゃんが作るアクセサリーの大ファンだから。……だから、ね？　何度も言うようだけれど、桜ちゃんは桜ちゃんのやりたいように、自由に生きていいのよ？　おばあちゃんのために、自分がやりたいことを我慢する必要なんてない」

温かい手が冷たい手の甲を、優しくなでた。それだけで鼻の奥がツンと痛んでしまうのは、この後になにを言われるかも全部わかっているからだ。

「病院だって毎日来てくれなくてもいいの。今からでも遅くないわ。桜ちゃんは、桜ちゃんが本当にやりたいことをやってほしい。それが私の、最後の願いだから」

〝最後の願い〟。この言葉を聞くのはもう何度目だろう。いつだって優しい祖母は、いつも私のことを一番に考えてくれるのだ。

そんな祖母がいたから私は今、前を向けている。

祖母がいたから、私は今、私でいられる。

だからこそ私も、祖母が私を思ってくれているのと同じように、祖母を大事にしたいと思うのに――どうしても、この話題になるといつも上手に返事ができなくなってしまう。

「おばあちゃん、私は……」

言いかけた言葉を止めて、繋がっていないほうの手で首にかけているサクラの花のモチーフがついたネックレスに触れた。

『花宮《はなみや》、本当にいいのか？　ジュエリーデザイナーになるのが、小さい頃からの夢だったんだろう？』

脳裏をよぎるのは約五年前、進路を決める際に専門学校の先生から言われた言葉だ。

もうずっと前のことなのに、あのときの先生の寂しそうな表情《かお》も粛然とした学校の空気もなにひとつ、忘れることができない。

『お祖母様《ばあ》のことは残念だが、だからといって入りたかった会社の内定を辞退するなんて……』

それはきっと、私の弱さのせいなのだろう。もう五年も前にあきらめたことなのに、いつまでもグズグズと夢の端を手放せずにいるからだ。

「今だって、本当は——」

「なに言ってるの、おばあちゃん」

　だから私は頭の中で聞こえた声をかき消して、伏せていたまつ毛を上げた。祖母の言葉を遮り口もとに笑みを浮かべると、真っすぐに前を向く。

「っていうか、もうっ！　その、最後の願いって縁起でもないからやめてって言ったでしょ？」

　私は強くなろうと決めたのだ。今度は私が、祖母を支えるんだと心に誓った。

「桜ちゃん……」

「そもそも私はいつだって、自分のやりたいようにやってるよ？　アクセサリー作りだって趣味の範囲でやれたらいいと思ったから、ネットショップを始めたの」

　四年前、デザイナーをしている友人のアドバイスもあって始めたハンドメイドアクセサリーを販売するネットショップ。幸運にもその手のサイトの特集に何度か取り上げてもらえて、今ではそれなりにお客さんもついている。

「私にはそれで十分だと思ったからそうしたし、私はそれで満足なの。だから、これ以上のなにかを望もうなんて思ってないよ」

「でも……」

「それにね、そのネットショップもそろそろやめようかなって思って」

「え？」

「最近は作るのが追いつかなくて、お客さんを待たせることも増えちゃって。……だから、そろそろ、このあたりが潮時かなって思ってたところなの。ほら、飽きちゃったんだよね！　やっぱり私には、こういうの向いてなかったみたい」

カラカラと笑いながらそれだけ言うと、私の手を握る祖母の手にもう片方の手を重ねた。

そしてその手をベッドの上へと下ろして、空いたバッグに持ち帰り用の洗濯物を手早く詰める。

「でも桜ちゃん、それならなおさら――！」

「だからねっ、もう、この話はおしまい！　明日は仕事も休みだし、いろいろ家の用事を片づけてからここに来るね」

「桜ちゃん……」

まくし立てるように言って話を終わらせると、私は両手をパン！と合わせた。

足もとに置いた荷物を持ち直して、再び祖母に向き直る。チラリと腕時計で時刻を確認すれば、ちょうど十八時を過ぎたところだった。

「ごめんね、おばあちゃん。実は、この後、人と会う予定があって……だから、今日は帰るね」

「そう……なの」

「うん、せわしなくてごめんね。また明日、なるべく早めに来るようにするから。おばあちゃんも夜はしっかり休んでね」

笑顔を見せた私は、足早に病室を後にした。帰り際に見た祖母の悲しそうな顔に胸が締めつけられたけど、すべてをごまかすように息を吐く。

「ふぅ……」

病院を出て一番に目に飛び込んできたのは、紺色に染まった空と、人けのないロータリーだった。視線を落とせば両手いっぱいの荷物と、しばらく新調していないスーツに、傷がついた古いパンプスが目に入る。

——今、ここにあるものだけが私のすべてだ。

今の私にはもう、これ以上のなにかを持つことはできないだろう。

「……行かなきゃ」

ぽつりとつぶやくと、再び前を向いて歩きだした。通い慣れた道を急げば、足もとを生ぬるい風が駆け抜けた。

「うーーーん……」

病院を出て、荷物を置きに一度家に帰り、着替えた私が向かったのは電車で二十分のターミナル駅にある高級ホテル、『ロイヤルスカイホテル』だった。

先ほど祖母に、今晩、人と会う予定があると言ったのは、その場をごまかすための嘘ではなかった。

目の前には、きらびやかな装飾品。ロイヤルの名にふさわしく、地上七十二階建てのホテルは見上げるだけで首が痛くなりそうだ。格式高いロビーには大きなシャンデリアや、高級感のあるソファ、大きなグランドピアノまで置かれていて、その華やかな雰囲気に尻込みしてしまった。

それなりにフォーマルな格好だし大丈夫だろうと考えていたものの、実際に来てみると自分がとんでもなく浮いて見える。週末ともあって、見渡す限りセレブなカップルだらけだし、なにもかもがキラキラしていて目が痛かった。

……なんだか、気後《きおく》れしちゃうなぁ。

ふと、ガラスに映った自分の姿に目をやると、今度は頭が痛くなった。約束の時間に間に合うように、急いで着替えてきたとはいえ、少し思慮不足だったかもしれない。

セールで買ったネイビーのワンピースは膝丈Aラインで、かろうじて清楚さは保っているものの、残念ながら華やかさとはかけ離れて見えた。

地味すぎる。もっと、ブランド物のベビーピンクのスカートとかを履いてくるべきだったし、せめてもう少し色のあるものを選べばよかった……とはいえ、残念ながらそんなものは持ち合わせていないから、考えるだけ無駄なことだ。

それでも、パンプスくらいはもう少し艶のあるものを履いてくるべきだったと、今さら後悔しても、もう遅い。今から家に帰って履き替えていたら、約束の時間には到底間に合わなくなってしまうし、自分の格好がどうこうより、相手を待たせることのほうが失礼だろう。

「お客様、いかがなさいましたか？」

「……わ、っ⁉」

思わず自問自答していたら、親切なボーイさんが声をかけてくれた。私は慌てて会釈をすると、エレベーターに向かって歩きだす。

「えーと。指定されたのは、このホテルの最上階のスカイラウンジ……」

慣れない空気に戸惑いながら、目的の場所へと急いだ。一週間前、はじめてメールをもらったときには、まさかこんなことになるとは思いもしなかった。

これから、この高級ホテルの最上階にあるスカイラウンジで『Luna《ルーナ》』の担当者と打ち合わせだなんて……。ううん、本当ならメールに書かれていた【ルーナ】という社名を見たときに、気づくべきだったのだ。

ルーナとは、流行に敏感な女性たちの間で最近話題になっているジュエリーブランドだ。銀座《ぎんざ》の一等地に本店を構え、今、業界内でも一番と言っていいほど勢いがある。品質の高い素材にこだわり、一見シンプルながら、よく見ると繊細なデザインが施されているのがこのブランドの特徴で、エレガントなジュエリーを数多く提供している。

もともとはブライダル業界最大手の『With Wedding《ウィズウエディング》』が展開するブランドのひとつだったのだけれど、数年前にルーナのトップが変わってからというもの従来の方向性を一変させ、今ではファッション性の高いジュエリーを中心に展開する新しいジュエリーブランドへと生まれ変わった。

なにを隠そう、そのブライダル業界最大手の企業、ウィズウエディングこそ私が勤める会社の親会社でもあるのだ。でも、同じ子会社とはいえルーナはまるで別格で、ウィズウエディングとの親密性も、うちの会社とは比にならなかった。

ルーナは宣伝方法も秀逸で、超大手が使うようなテレビCMではなく、誰にも身近なSNSを使った広報PRとマーケティング戦略を得意としている。そして、それらすべてを指示した今のトップの手腕が、業界内では高く評価されているらしい。

そのルーナのトップこそ、親会社であるウィズウエディング現代表取締役社長のご子息だ。それもまた、世間の注目を浴びる理由のひとつなのだろう。

「すごいよね……」

思わずぽつりとつぶやいてから、窓の外に目をやった。ここまでは、ほぼ、ネットで手に入れた情報だ。今の世の中、知りたいことはなんでも簡単に知ることができて便利な反面、恐ろしい。

「はぁ……」

ガラス張りのエレベーターから下を見れば、眼下にはきらめく夜景が広がっていた。

ついため息が漏れたのは、自分が立っているこの場所が、到底場違いに思えたからだ。

でもここまで来て、引き返すわけにはいかない。今さら予定をキャンセルするのも、さすがに先方に申し訳が立たない。

そんな私の思いとは裏腹に、乗り心地抜群のエレベーターは目的の階に着くと、静かな音を立てて止まった。最上階にあるスカイラウンジは洗練された雰囲気に包まれていて、別世界に来たみたいだった。

窓の外を見ればビル群の明かりが足もとに無数にきらめいていて、思わず目を奪われた。まるで、ジュエリーみたいだなぁ……なんてことを考えてしまう自分は、存外、のんきだ。

「お客様、お待ち合わせでしょうか」

エレベーターを降りてすぐ声をかけられて、私は弾かれたように顔を上げた。視線の先にはウエーターさんが立っていて、朗らかな表情で私のことを見つめている。

「あ……すみません。え、と……十九時半の予約で、近衛《このえ》さんという方の……」

「お連れ様の花宮様ですね。席まで、ご案内いたします」

どうやらお相手は、すでに到着しているようだった。私のことを聞かされていたらしいウエーターさんに促され、席まで向かう途中、今さらながら緊張で足が震えた。

一週間前、メールをくれたのはルーナの近衛さんという人だ。メールの文面はとても丁寧で、誠実そうだった。

だからこそ、今回こうして直接会って話をしようと決断したのだけれど……。いったい、どんな人なのだろう。なにより、メールに記載されていた話は本気なのかいまだに判断がつかない。

【COSMOS《コスモス》の商品に感銘を受け、ぜひとも一緒に、お仕事をさせていただきたいと

思いご連絡させていただきました】

『コスモス』とは、私が運営しているネットショップの名前だ。正式名称は、『Hand《ハンド》made《メイド》 Accessory《アクセサリー》 Shop《ショップ》・COSMOS』。基本的にはオーダーは受けつけず、私がデザインして作った季節に合うアクセサリーを自由気ままに販売している。

本業と祖母の介護の傍らで、趣味の延長としてやっていることなのだ。それなのに、あのルーナが私と仕事をしたいだなんて……まさか、そんなはずはない。

相手は一流のジュエリーブランド、かたやこちらは、しがない小さなネットショップだ。だからこそメールをもらってからこの一週間で、どれだけ頭を悩ませたかわからなかった。

けれど、何度も読み返したメールの中にはコスモスのアクセサリーについての印象が、細やかに書かれていた。どれも絶賛といっていい内容だったし、なによりとても的確な分析だった。

たいして興味もない相手に、あんなメールは送らないだろう。だとしたらやっぱり、本当にあのルーナがコスモスに興味を持ってくれているんだろうか。それともまさか、なにか別の目的が？

「……花宮桜さんですか？」

つい、足もとを見ながら歩いてしまっていた私は、唐突に名前を呼ばれて弾けるように顔を上げた。すると視線の先には、にこやかに微笑む男性が立っていて、思わず固まり目を見張る。

「はじめまして。今日は、お会いできて光栄です」

品のよい、チャコールブラウンのスリーピースと、紳士的な仕草で胸に添えられた手のひら。スマートマッシュの黒髪に、綺麗な二重のアーモンドアイ、筋の通った鼻。形のいい唇と、女の私でもうらやましくなるようななめらかな肌。左目の下の泣きぼくろが印象的な、見とれるほど綺麗な男の人だった。

「花宮さんの大切なお時間をいただき、とても恐縮です」

そう言う彼の背は、私よりも頭ひとつ半ほど高いだろうか。スーツの上からでもわかる引きしまった体は、普段からスポーツかなにかをしているのかもしれない。

――こんなに綺麗な男の人、見たことがない。

今、目の前に立っているのはどこか現実離れした、極上の容姿をした人だった。

「花宮さん？」

つい彼に見とれていると、耳に心地のいい声が再び私の名を呼んだ。

「どうかされましたか？」

「え……あっ、も、申し訳ありません……！　驚いて、ついボーッとしてしまって……っ」

本当は驚いたのではなく、見とれていたのだ。でもまさか、そんなこと初対面の相手に言えるわけもない。

思わず真っ赤になってうつむくと、旋毛《つむじ》に小さな笑い声が落ちてきた。恐る恐る顔を上げれば、やわらかに微笑む彼の目と目が合う。

「驚いたのは、僕も同じですよ」

「え……？」

「花宮さんが思っていた以上にかわいらしい方で、柄にもなく緊張しています」

ドキリとした。心臓が飛び跳ねるとは、きっとこういうことを言うのだろう。お世辞だとはわかっていても、言われ慣れていない私はうまく言葉を返せない。

「改めまして、今日はわざわざお時間をつくってくださり、ありがとうございました」

言いながら彼は長い脚を前に出し、固まる私の前まで歩いてきた。そうして慣れた手つきで名刺を一枚取り出すと、私の前へと静かに差し出す。

「自分は、ルーナの代表取締役社長を務めさせていただいている、如月《きさらぎ》と申します。先日は弊社の近衛が、メールでお世話になりました」

「え……？」

慣れない手つきで差し出された名刺を受け取って、小さく息をついたところで思いも寄らない挨拶をされた。

代表……取締役、社長？

改めて、渡されたばかりの名刺を見れば、たしかにそこにはハッキリと、【代表取締役社長】という文字が明記されている。

「あ、あの……近衛さんは……？」

「近衛は、私の秘書を務めております。本日は別件でこちらには伺えなかったのですが、お礼を伝えてほしいと申しておりました」

戸惑う私に「とりあえず、座って話をしましょうか」と続けた彼は、スマートな所作で私のうしろへ回り込むと椅子を引き、そっと腰を押してくれた。

その瞬間、ふわりと鼻先をかすめたのは甘く深みのある香りだ。なんだか彼に抱きしめられたような感覚に陥って、妄想だとわかっていても体の芯が甘く震えた。

「あ……ありがとうございます」

お礼を伝えれば、そっと微笑み返してくれる。

――如月湊《みなと》。それは、代表取締役社長という肩書の下に書かれた彼の名前だ。

そしてこの一週間、私がインターネットでルーナのことを調べるたびに、嫌というほど目にした名前でもあった。

「実は、近衛に花宮さんとコンタクトを取るように指示したのも僕なんです。だからこそ、こうして今日お会いできて、とてもうれしく思います」

私が座った後で自身の席へと腰を下ろした彼は、目を細めてやわらかく笑った。

今、目の前にいる彼は、たった数年でルーナを新しいジュエリーブランドへと生まれ変わらせた立役者であり、業界一の実力者といわれる人だ。

そんな彼が、どうして今、私の目の前に……？

カリスマ、挑戦者、敏腕社長……ネット上に書かれた彼を形容する言葉はどれも、彼の功績に見合っている。

ああ、そうだ……。経済誌に取り上げられた写真の彼も、とても整った顔立ちをしていたけれど、実物はその写真で見た比ではない。

「今日はお食事をしながら、ゆっくりと花宮さんのお話を聞かせていただければと思っています。ですが具体的な仕事の話は、食事の後にでもしましょう。花宮さんは、アルコールは大丈夫ですか？」

優雅な手つきでメニューを差し出す如月さんの言葉を、私は混乱する頭の中で必死に噛み砕いた。

そう、そうだ。私は今日、雲の上の人であるはずの彼と、仕事の話をするためにここに来ている。如月さんと、食事をしにきたわけではないのだ。

そもそも、今日ここに来るのはメールをくれた近衛さんご本人だと思っていたのに……。

ああ、ダメ。今のこの状況で、落ち着けと言うほうが無理がある。

「もし迷われているようなら、こちらの飲み口の軽いワインあたりはどうでしょう」

そんな私の思いを知ってか知らずか、彼は穏やかな笑みを絶やさない。仮に今、促されるままディナーを食べ始めても、せっかくの料理の味もわからないまま、食べ終えてしまうだろう。

……それはすごく、もったいない。おいしいご飯はおいしくいただいてこそ、礼儀というものだ。そもそもこんなところで食事をするなんて、最初で最後の贅沢になるかもしれない。

「如月さん、申し訳ありません」

そんなことを考えながら、私は首もとのネックレスに触れ一度だけ小さく息を吐くと、ゆっくりと顔を上げた。

「できれば、お食事の前に今回のお話の詳細を聞かせていただければうれしいです」

震える息を精いっぱい隠して、真っすぐに如月さんを見据えた。

そもそも残念ながら、お酒に弱い私は飲んだ後で仕事の話はできそうもない。なにより今、彼を前にして、優雅にディナーを味わえるほど鋼の心臓も持ち合わせていなかった。

「今のままだと緊張で、せっかくのお食事の味もわからなくなりそうですし……。やはり先に、要件を聞かせていただきたいです」

「……なるほど。わかりました。それでは早速、今回の提案のお話をさせてください」

長いまつ毛を一瞬だけ伏せた如月さんは、言葉と同時に瞳から甘さを消した。そして正面に座す私を静かに見据える。

その瞬間、自分の指先がピリッと痺れたのがわかった。

窓の外に輝く夜景。けれどそれ以上に、私を見る如月さんの瞳は美しく、力強い光を宿している。

「では、回りくどい話は省かせていただきます。花宮さん、弊社——ルーナで働く気はありませんか？」

「え……」

「実は今、ルーナの社員の間で、花宮さんの経営するコスモスのアクセサリーが、話題になっています」

「わ、私の作ったアクセサリーが……？」

「はい。どこにもない、オリジナリティあふれるアクセサリーを売っているネットショップがある。最初は社内会議で、そんな話題が出たことがキッカケでした。それから僕のほうでもコスモスの商品を拝見させてもらい、実際に手にも取らせていただきました」

如月さんの口から飛び出した、予想だにしなかった言葉に、私は返す言葉を失った。まさか、如月さんが私の作ったものを手に取ってくれていたなんて、そんなの信じられるはずがない。

「僕は、気になったものはなんでも自分の目で確かめてみないと気が済まないたちなんです。そして実際に見て、触れて、納得しました。ハンドメイドの雰囲気を残しながらも繊細かつ精巧なつくりをしている。リピーターがつくのもうなずけた。なにより発想力があり、これを一度手に取ったお客様は、次はどんなものが出てくるのだろうと期待もするだろうな……と、感動しました」

「か、感動だなんて、そんな……」

「もちろん……失礼な言い方になってしまいますが、御社の商品はジュエリーと呼ぶには物足りなさはあります。けれど不思議と品があり、先進的なのに古きよき日本の伝統をうまく取り入れている商品まである。なにより、手にしたときに思わず笑みがあふれる、温かみがありました」

それは、近衛さん名義で送られてきたメールに書かれていたことと、同じ内容の言葉だった。そう思うともしかしたら、あのメールの内容も如月さんが指示していたのかもしれない。

けれど、こうして面と向かって言葉にされると、メールを読んだときの比ではない。思わずジワリと涙腺が緩んで、うれしさがあふれ出す。まさか、自分が作ったものを、こんなにふうに褒めてくれる人がいるなんて、思ってもみなかった。

「コスモスの購買層は、目的が多少は違えど、流行に敏感な女性という点ではルーナとほぼ同じです。顧客が求めているものも、〝特別感〟という意味ではよく似ています。だからこそ花宮さんを弊社に迎えたいと、僕は考えました」

「そんな……それはさすがに、大袈裟です」

「いえ。大袈裟ではありません。僕は思ったことしか口にしない主義なので、そのまま受け取っていただいて大丈夫ですよ。もちろん、最初にあなたをかわいらしい人だと言った言葉も本当です」

「え……っ」

不意打ちで向けられた言葉に、反射的に顔が熱を持った。やわらかく微笑んだ彼の言葉は嘘と真実が入り交じっている。

彼ほどの人ならば、仕事のためなら嘘のひとつやふたつも、必要に応じて上手に使いこなすだろう。私をかわいらしいだなんて言ったのもリップサービスに違いないとわかっているのに、あまりに彼があたり前のように言うから、危うく真に受けてしまいそうになった。

「どうでしょう。花宮さんにとっても、決して悪い話ではないと思うのですが」

「それは、どういう……」

「失礼ながら、今日、こうしてお会いするにあたって、花宮さんについても事前に少し調べさせていただきました。花宮桜さん。花宮さんは弊社同様、ウィズウエディングの系列企業にお勤めですよね？」

ニッコリと、少しも悪びれる様子もなく言った彼を前に、今度はゴクリと喉が鳴った。

いったいどうやって調べたの……と恐ろしくなったけれど、ふと冷静になれば調べる方法なんていくらでもある気もする。

彼が先ほど購入したと言ったコスモスの商品が手もとに届いた際に記載されていたであろう私の氏名と住所、電話番号。大もとの会社で管理している従業員の個人情報と照合すれば、同一人物であると簡単にわかるだろう。

そんなことすら、できてしまう時代なのだ。けれどももちろん、普通の人なら、そんなことはできないし、やらないとも思う。

でも、彼なら——ルーナのトップであり、親会社であるウィズウエディング現代表取締役社長のご子息である彼なら、その広い人脈を使って容易にできてしまうに違いない。

「販売サイトに記載されていたお名前と、届いた商品に記載されていた住所を調べさせたら、花宮さんが弊社の系列企業にお勤めだとわかりました」

たった今予想した通りの答えが返ってきて、こわばった肩から力が抜ける。

「……今の時代、個人情報の管理って本当に難しいですね」

「どうしても一緒にお仕事をしたいと思ったので、他社との関係があるかどうかなどを確認するために、一応調べさせていただきました。もちろん、悪用なんてしませんからご安心ください」

再びニッコリと微笑んだ如月さんを前に、ため息がこぼれた。

考えてみれば私もこうして実際に会う前に、ルーナや彼についての情報を、ネットや雑誌でさんざん調べ上げたのだ。そう考えたらお互いさま……とは、立場が違いすぎるから言いきれないけれど、一方的に彼を責められない気もする。

でも、今度からはもっと用心深く、販売の仕方を見直す必要があるかもしれない。今回は相手が彼だからまだよかったものの、このご時世、なにがあってもおかしくない。

「花宮さんが今お勤めの系列企業からルーナに来てくださるというのなら、スムーズに話が進むように僕のほうでも尽力させていただきます」

顎の下で長い指を組み、話を続ける如月さんを前に、私は再び脱力した。

系列企業からの転職って、そんなに簡単なものなのかな？

いわゆる、引き抜きという扱いになるのだろうか。本来ならば簡単な話ではない気もするけれど、私の場合、今の会社でデザイナーをやっているわけでもないから、そう難しいことではないのだろう。それにしたって、彼が言うと部署異動程度のことに聞こえてしまうから不思議だ。

「どうでしょうか？」

再び穏やかかつ、真っすぐに尋ねられ、私は膝の上で握ったこぶしに力を込めた。

過程はどうあれ、きっと誰が聞いても〝いい話〟だ。ジュエリー業界の中でも一目を置かれているルーナで働けるなんて、数年前……ひたすらにジュエリーデザイナーを夢見ていた私だったら泣いて喜ぶ出来事だろう。

……だけど。今の私は、この話を受けるわけにはいかない。

大切な家族との時間を守るために。大好きな祖母との日々を守るためにも、彼からの提案を受けるわけにはいかないのだ。

「……申し訳ありません。とても素敵なお話なのですが、お受けするわけにはいきません」

座ったまま頭を下げると、如月さんの顔から笑顔が消えた。

「如月さんは、なにか勘違いをされているのかもしれませんが、私が運営しているコスモスは会社ですらない、ただの趣味が高じて始めたネットショップです。……私も、今以上のなにかを望んでいるわけではないですし、特別な思いを抱いてアクセサリーを作っているわけではありません」

言い終えた途端、鼻の奥がツンと痛んだ。膝の上で握りしめた手も震えている。

けれど私はあふれそうになる感情に精いっぱい蓋をして、淡々と言葉を続けた。

「あくまで自分の承認欲求を満たすために始めたもので、お客様のためにだとか考えたこともありませんでした。だからお力には、とてもなれそうにありません。私には荷が重すぎます。でも、今日こうしてお話をいただけたこと、本当に光栄で――」

――光栄でした。そう告げれば、この話は終わりになると思っていた。

終わりになるはずだったのに……。

「――お言葉ですが、ただの趣味では終われなかったからこそ、ネットショップを開いてお客様に商品を届けているんですよね？」

突然、如月さんの迷いのない声が私の曖昧な言葉を切った。

「それとも花宮さんは本当に、ただの趣味の延長線上で、アクセサリーづくりをしているのですか？　本当に、適当な気持ちで作品を作っているんですか？」

とげのある物言いに、思わずテーブルに落としていた視線を上げる。

「そ、そういう意味では……っ」

「今、花宮さんが言ったことが本当なら、僕の目が節穴だったということですね。だとしたら大変失礼いたしました。先ほど僕が言ったことはすべて、忘れていただいてもかまいません」

そう言って、如月さんは先ほどまでと同様に、やわらかく微笑んでみせた。けれどその笑顔は今までとは違い、どこか冷たくも悲しそうにも見えて、胸が針で刺されたようにチクリと痛む。

「花宮さんはアクセサリーを、自分の欲求を満たすために作っているんですよね？お客様のために……とは、考えたこともなかったと」

続けられた言葉に、唇を噛みしめた。首もとで光るネックレスに手を伸ばせば、無機質な冷たさが手のひらを刺す。

「そのネックレスも……いや、あなたにとってアクセサリーは……ジュエリーは、その程度のものだ、と」

言葉に詰まって、ひと言も返せない。彼が言ったことは、たった今、自分が口にした言葉なのに、改めて向けられるとどうしようもなく苦しくて、たまらなかった。

だけど、仕方のないことだろう。私がどんな思いで今ここにいて、先ほどの言葉を口にしたかなんて如月さんは知らないのだ。

私にとってのアクセサリーは……ジュエリーは、その程度のもの。彼の言う通り、そう思われても仕方がない言い方をしたのは自分だ。

でも、事情を知らない第三者に改めて言葉にされて責められると悔しくて、苦しくて、たまらなかった。

……だって、本当は、ただの趣味の延長線上なんかじゃない。必死に繋ぎ止めている、夢の端なのだ。

自分の欲求を満たすために作品を作っているわけでもない。いつだって、作品の向こうにあるお客さんの笑顔を想像しながら作っていた。

これを手に取ってくれた人は、どんな気持ちになるだろう。相手に笑顔になってほしい。大好きなアクセサリーをつけて出かけるその人の一日が、素敵なものになりますように……。

そう思い、願いながら、ひとつひとつ大切に作ってきた。それなのに私は今、それを自分で否定したのだ。だからこそ、悔しいと思ったり、如月さんを批難するのは間違っているともわかっていた。全部、頭では理解しているのに……バカな私は、涙をこらえるだけで精いっぱいだ。

「……すみません、少し言葉がすぎました」

しばらくの沈黙を破ったのは如月さんだった。伏せていた顔を上げれば、如月さんの困ったような目と目が合う。

「君が、心にもないことを言うから、つい言葉がキツくなった」

ふぅ、と息を吐いた彼のひと言で、張りつめていた空気が和らぐ。同時に人気ブランドの社長然とした、それまでのかしこまった雰囲気は一変し、彼がぐっと身近な存在に感じられた。

「さっきも言ったけど、君の作った作品を見ればわかる。君が、どれだけ一つひとつの作品を大切にしているか……愛しているかわかるからこそ、それを自分で否定する君を前に、黙っていられなくなったんだ」

そっとまつ毛を伏せた如月さんを前に、心臓が小さく脈を打った。ネックレスについているサクラのチャームを握っていた手からは自然と力が抜けて、吐き出した息がわずかに震えた。

「コスモスの販売サイトで顧客レビューも見させてもらった。そこに書かれていたのは、君が作ったアクセサリーに出会えてよかったという喜びの声と、君への感謝の言葉ばかりだった」

急に力強さを増した声が、弱い私の心を強く叩く。

「君は先ほど、〝今以上のなにかを望んでいない〟と言ったけど、俺は君にはもっと幸せを望んでほしいと思ってる。君がアクセサリーを通してたくさんの人に幸せを配っているように、君自身も幸せに手を伸ばす権利があるんだから」

そう言うと如月さんは真っすぐに、私を見つめた。私はなぜか、そんな彼から一秒だって目を逸らすことができない。

「本当なら……今すぐ俺が、君を幸せにしたいんだ」

「え……」

「毎日毎日飽きるほど、君が幸せだと思える日々を与えたい」

けれど、続けられた言葉に思わず私は目を見張って、自分の耳を疑った。

如月さんが、私を幸せにしたい？　毎日毎日飽きるほど、私が幸せだと思える日々を与えたいって……それはいったい、どういう意味だろう。

私たちは今日が初対面で、如月さんにそんなふうに言ってもらえるような間柄じゃないのに。言葉は悪いかもしれないけれど、気は確かなのかとさえ思ってしまうし、そもそも彼は私のなにを知っているというのだろう。

「君が望むことは、すべて叶える」

それでも今、如月さんの声に迷いは感じられなかった。彼の言葉が嘘や方便ではないと感じるのは、私を見る彼の目が、とても綺麗で誠実だからだ。

優しくて、力強い声。見つめ合っているうちに自然と目からは涙の滴《しずく》がこぼれて、首もとに添えていた手の上で弾けた。

「す、すみません、私……」

どうして私は泣いているのだろう。戸惑いと動揺をごまかすように、こぼれた涙を慌ててぬぐえば、ひと呼吸置いた彼が改めてゆっくりと言葉を紡ぐ。

「ルーナに移ったときに、ネットショップのコスモスをどうするのかは君が決めていい。ただ、君のデザイナーとしての才能を最大限に活かすのであれば、弊社は君にとって最高のフィールドを用意することを約束する」

キッパリと断言した如月さんを前に、再度返す言葉を失った。

如月さんは、本当に先ほどからなにを言っているのだろう。コスモスを……私を、過大評価しすぎている。なによりやっぱりこの人は、〝あの〟如月湊だったのだ。今さらながら、身をもって実感した。

卓越した営業力、相手を口説くプレゼン力とは、人の心を動かす力だ。いっさい迷いのない口調が、今、私の心を頼りない吊り橋のようにグラグラと揺らしていた。

私が勤めている会社には、こんな人、ひとりもいない。それどころか、こんなに魅力的な人、今まで出会ったこともなかった。

「花宮さん、もう一度、今度は君の本当の気持ちを聞かせてほしい」

再びひと呼吸置き、後押しをするように尋ねられ、今度こそゴクリと喉が鳴った。

私の……本当の気持ち？　そんなの、口にしていいわけがない。

今日、はじめて会った赤の他人である彼を前に口にするべきことではない。私の抱えている事情なんて、彼には関係のない話だ。聞かせても、いい気分になるものではないだろう。

わかっている。ちゃんと、わかっているのに——。

「俺は、もっと君を知りたいんだ」

彼を前にしたら、今日まで押し込めてきた思いが、込み上げてきた。

「わ……私は。私の両親は、私がまだ幼い頃に事故で他界しました」

自然と唇からこぼれた言葉に、如月さんが黙り込む。

「そのときに私を引き取ってくれたのが、父方の祖母でした。そして今、その祖母が体を壊して入退院を繰り返しています」

脳裏をよぎるのは、あの日から祖母とふたりで歩んできた日々だ。

突然いなくなった両親。ひとりぼっちで抱えた不安。そんな私に差し伸べられた、温かい手。

小学校、中学校、高校……そして私が抱いた夢を、その手はいつだって、全力で応援してくれた。

『おばあちゃん、私、ジュエリーデザイナーになりたいの』

学生時代、三年制のデザイン専門学校でプロダクトデザインを学んだ私は、将来はジュエリーデザイナーになることを夢見ていた。

その頃は一つひとつの課題に、常に真摯に取り組んだ。おかげで、それなりに成績もよく、先生方からもかわいがってもらって卒業前にはいくつか就職の誘いまでいただいていたのだ。

「私が今、こうしていられるのは……ほかでもない、祖母のおかげなんです」

ぽつりとこぼした言葉は自分でもわかるくらいに震えていた。

続けて思い出すのは、卒業を控えた三ヶ月前。祖母が突然、自宅で倒れたときのことだ。以前から体の異変を感じていたらしい祖母は私に心配をかけまいと、具合が悪いことを隠していたらしい。

救急車で運ばれた病院で告げられたのは、祖母の心臓に疾患があるということ。お医者さんから『あと少し来るのが遅かったら危なかった』と言われたときには、生きた心地がしなかった。

『以前から、お祖母様が体の具合が悪そうにしていたことはありませんでしたか？』

お医者さんにそう聞かれて、思わずドキリとした。思い返せば祖母に胸痛や目眩《めまい》があるということを、私は少なからず察知していたのに『大丈夫だろう』と高をくっていたのだ。

……ううん。卒業制作と課題の忙しさに追われて、きちんとおばあちゃんの様子に目を向けられていなかった。

結局、祖母はその日から入退院を繰り返すようになり、今は約三週間前から病院のベッドの上で、日々を過ごしている。年齢のせいもあり、容態も一進一退を繰り返し続けていて、今では手術も難しい状態だ。

「先ほど如月さんがおっしゃった通り、私は今、ウィズウエディングの系列企業……祖母がお世話になっている病院の近くの企業に勤めながら、ひとりで祖母の面倒を見ています」

『桜ちゃんに迷惑をかけて、本当にごめんなさい』

祖母が倒れた日の翌日、私は誘いを受けていたデザイン関連の会社を自主的に辞退した。そして病院近辺にある今の会社を含めた一般企業を、手あたり次第受け続けた。

祖母が継続して治療を受けるにはそれなりの費用がかかる。その費用や病院に通う時間を、私はどうにかして確保する必要があったのだ。

だけど私が希望していたデザイン会社は、残業もあたり前な上に、新入社員は雀の涙ほどのお給料しかもらえない。ボーナスなんて、夢のまた夢。実力主義であるクリエイター関連の会社ではあまり珍しくはないけれど、有給制度もあやふやで、休日出勤も稀にあり、福利厚生も充実しているとはいえなかった。

『おばあちゃんは謝る必要なんてない。今度は私がおばあちゃんを守るから、おばあちゃんは安心して体を治すことだけを考えて』

今の会社は、祖母のケアをしやすいようにと選んだ会社だ。

——おばあちゃんのために、夢をあきらめた。きっと、私を知る誰もがそう思うだろう。

だけど今、私はあのときの選択を後悔していない。だって私は、大好きな祖母のそばにいられる方法を選んだだけだから。今度は私が祖母を支えたい、守るって決めたんだ。そのためなら希望の職につけないことぐらい、たいしたことではない。好きなことは趣味で楽しめばいいのだから。

祖母が笑っていてくれるなら、それだけで十分だった。だから今、ここにあるすべてが私の〝最善〟だと言いきれる。

「私自身、専門学校でジュエリーのデザインを三年間勉強したこともありました。もちろん当時は、ジュエリーデザイナーになるという夢も抱いていました。でも今は、祖母の面倒を見ることが、私のしたいことなんです」

祖母に対して、面倒を見ているなんて言い方はしたくなかった。だけど今、如月さんに事情説明をするには、これが一番わかりやすい表現だろう。

「祖母は私の唯一の家族であり大切な人なので、私は最後の最後まで……祖母のそばにいたいんです」

そこまで言い終えると、こらえきれなかった涙が頬を伝ってこぼれ落ちた。ごまかすように視線を落とせば、涙が真っ白なナプキンに小さなシミをつくっていた。

「仮にもし、デザイナーとしてルーナに勤めることになったら、本社のある銀座勤務になりますよね。そうなると、今住んでいるところからは電車で片道四十分以上はかかりますし、祖母のケアに支障が出ます」

そこまで考えられる自分は、泣いているくせに案外冷静だとも思う。

あの、ルーナのカリスマ社長の目にとめてもらった。もう、それだけで私には十分なご褒美だ。だから、これ以上のなにかを望もうとも思わない。先ほど如月さんは、『君自身も幸せに手を伸ばす権利がある』と言ってくれたけれど、たぶん、そう思う自分は間違っていない。

今の私にできることがあるとするのなら、彼のため、ルーナのために、この誘いを断ることなのだ。彼が誘《いざな》ってくれた通り、嘘のない正直な気持ちと言葉で、感謝とともに敬意を示すべきだろう。

「本当に申し訳ありません。今、お話ししたことが、すべてです。先ほどは曖昧な言葉でごまかそうとして、大変申し訳ありませんでした」

深く長く頭を下げた。まぶたを閉じれば再び涙がこぼれ落ち、ナプキンの上で弾けて消える。

「どうしても、難しい？」

「……はい。申し訳ありません。そもそも私自身、ルーナのジュエリーが大好きなので、半端な気持ちで介入はしたくないんです」

「え……」

唐突な私の言葉に、如月さんが目を丸くする。同時に私が思い浮かべたのは、如月さんが率いるルーナのジュエリーたちだった。

きらびやかなのに品があって、ファッション性も高いデザイン。見ているだけでウキウキして、思わず笑みがこぼれてしまう。

これを身につけて出かけることができたら、それだけで特別な日になる。そんなことを思わせる力とジュエリーが、ルーナにはたくさんある。

「ご連絡をいただいてから、毎日のようにネットでルーナのジュエリーを眺めていました。見ているだけじゃ我慢できなくて、最寄り駅のビルの中にある店舗に足を運んで、実物も手に取らせていただきました」

祖母の入院費の支払いもあったから購入はできなかったけれど、いつか……ルーナのジュエリーを迎えたいとも思った。

「本当に、本当に素敵なものばかりでした。だからこそ、如月さんからのご提案をお受けできないことを悔しくも思います。けれどそれ以上に、半端な気持ちで憧れのルーナと関わることは私の意に反します」

真っすぐに顔を上げて、精いっぱい自分の思いを口にした。その間も如月さんは、私から目を逸らさない。

「だから本当に、申し訳ありません。私には身にあまる光栄なお話でした。これからもルーナがより多くの方を幸せにできるように、心から応援しています」

再びまつ毛を伏せると、私はそっと頭を下げた。膝の上で握りしめたこぶしは小さく震えている。

けれどこれが、今の私と彼にとっての最善だ。宝物のような時間と言葉をくれた如月さん。雲の上にいるはずの人が、ちっぽけな私に目を向けてくれたことだけで奇跡だった。

「……なるほど、君の気持ちと事情はわかった」

数秒の沈黙の後、今度は如月さんが小さく息を吐いた。穏やかな彼の声に下げていた頭を上げると、彼の真っすぐな目と目が合う。

「つまり今の話をまとめると、仕事との兼ね合いを保ちながら、お祖母様と君が近くにいられたら問題ないということだ」

「え？」

「んー……でも、うちのデザイン課はフレックス制だし、今の君の現状を考えると多少でも負担になるか……」

「あ、あの……？」

どういうこと？

突然なにかを考え込むみたいに、顎に長い指を添えて話す如月さん。思いも寄らない彼の返答に固まると、次の瞬間、彼はひらめいたように表情を明るくした。

「そうだ。それならまずは、お祖母様の容態が落ち着くまで企画課に所属すればいい」

「企画課？」

「そう。企画課は、デザイン課と密に連携しながら、季節やイベントごとにルーナのジュエリーの売りをつくっていく、ルーナの心臓的な部署だ」

ルーナのジュエリーや社風、ポリシーについても詳しく知ってもらえる場所でもあると言った如月さんは、素敵なイタズラを思いついた子供のように瞳を輝かせながら話を続ける。

「いつかデザイナーにステップアップすることを考えても、いい勉強ができる場所だ。クリエイティブな部署ではあるけど、残業はない。そもそも、決められた時間内でベストを尽くすのが仕事だ……というのが俺の考え方だし、やっぱりオンとオフは明確にしたほうがいいものを作れるだろう？」

――残業はない。それなら、仕事が終わってからこれまで通り、祖母の病院に顔を出せるということだ。でも……先ほども言った通り、ルーナの本社と今、祖母が入院している病院は距離がある。

「とりあえず、お祖母様の主治医と相談して、可能なら紹介状を書いてもらうことが先決だな。それで、うちの本社の近くにある一番設備の整っている病院への転院が可能か考えよう」

けれど、そんな私の不安を見透かしたかのように、如月さんは話を続けた。

「もちろん俺も、お祖母様の病状を詳しく知ってから、知り合いの腕のいい医師に聞いてみるよ。あ、君はすぐにでも、現在勤めている会社に辞表を提出して……って思ったけど。もう面倒くさいし、どうせ系列企業だから、そこくらいは職権乱用しようかな?」

「え……と……」

「ルーナは福利厚生、有給制度、ボーナス制度諸々、親会社のウィズウエディングと同じだし、たぶん基本給自体も、今よりもよくなる。な、悪い条件じゃないだろう?」

もう完全に砕けた口調になった如月さんは、優雅な仕草で手もとのグラスに口をつけた。かたや私は意味がわからず、ぽかんとしながら彼の話を聞くことしかできない。

だってこんなの、どうしろっていうの。私は今、夢でも見ているの?

バカだと思いつつも頬をつねってみたら、痛かった。だけどこれが現実だとしたら、本当になにが起きているのだろう。もうなにがなんだかわからないし、彼の言葉を拾うだけで精いっぱいだ。

「お祖母様の転院にかかる費用や君の引越し費用もすべて俺が工面するから安心して。そのほかに必要なものがあれば、遠慮なく言ってくれたらいい。なによりお祖母様にとってベストな環境を整えることで、少しでも体調も回復してくれたらいいな。あ、その前に、俺のプライベートの番号を伝えないとダメか。ええと、番号は——」

「——あ、あのっ! ちょっと待ってください……!」

それでも、いよいよ思考の限界に達した私は思いきって口を開いた。

「うん？」

「そ、その……先ほどからなにを言われているのか……。あまりに現実離れしたお話で、すっかり頭の中が混乱しているんですが、あの……」

つい声が大きくなってしまった自分に気づき、「すみません……」と言って、慌てて語尾をすぼめた。

だけど、このままだともっと勝手に話を進められそうで、口を挟まずにはいられなかったんだ。言葉を切られた彼はキョトンとした表情で、私のことを見つめている。

……とりあえず、深呼吸しよう。

「ふぅ……」

今、彼が言ったことをひとつずつ整理すると、こういうことだろうか。

まず、祖母は銀座にあるルーナ本社付近で一番設備の整っている病院に転院する。

如月さんの知り合いのお医者さんにも、聞いてくれるということだ。

これについては以前から、少しでもいい環境、いい設備で治療を受けさせてあげたいと考えていたからありがたい。もちろんそれには費用も関係してくるけれど、お給料が上がるのなら可能かもしれない。

そのためにも私は勤めている会社をすぐにでも辞めて、ルーナの社員になる。よくわからないけれど、その根回しは如月さんがしてくれるらしい。親会社の社長の息子だし、そのあたりの権力でも使う気なのだろうか……。とはいえ、辞めるときに今の会社に迷惑をかけることなくスムーズに話が進むのなら、それもまたありがたい話だ。

仮に彼の言う通りルーナに勤めることになったら、デザイン課ではなく企画課所属になるらしい。残業はない。福利厚生、有給制度、ボーナス制度諸々充実していて、基本給も上がる。

ルーナはビックリするほどのホワイト企業だ。今と同等の勤務形態で、自分の夢だった仕事に近い場所で働ける上、お給料も上がるなんて願ったり叶ったり。その上、環境変化のためにかかる費用はすべて、如月さんが工面してくれるということ。

ほら……もう、考えれば考えるほど、さっぱり意味がわからない。

さらには如月さんのプライベートの番号まで私に教えてくれて……と、これはまぁ置いておいたとして。やっぱり、私は夢でも見ているのかな?と、結局そこに落ち着いてしまう。

だからもう――。

「あ、あの、すみません……。今、自分なりに頭の中で状況を整理してみたんですけど、考えれば考えるほど、もうなにがなんだかわからなくなりました」

思ったことをそのまま口にした。だってこんなの、どう処理しろというのだろう。

もしかして如月さんは、私のことをからかっているの？　私の境遇を憐れんで、同情してしまったのだろうか。

「んー、わからないと言われても、今伝えたこと、そのままの意味なんだけどな」

「え？」

「たしかに、これ以上ないアイデアだと思ったから勇み足で話してしまったけど……全部、今言った通りだよ」

けれど今、やわらかく微笑みながら答える彼は、私を憐れんで同情しているようには見えなかった。

そのままの意味って……まさか、本気？　いやいや、そうだとしてもこんなおいしすぎる話、あるはずがない。あったとしても、それは詐欺だよ。明日になったら全部冗談でした、なんて言われても、「やっぱりね」と、逆に納得してしまう。

「すみません、これが現実だとしたら、本当に素敵なお話だとは思うんですけど……」

そう頭で理解しながらも、とりあえず一度、受け止めてみた。

「素敵な話だと思う……けど？」

「……はい。でもまず、常識的に考えて、如月さんにそこまでしていただくわけにはいきません。そんなによくしていただく理由もないですし、そんなご迷惑もかけられません」

真っ当な返事をしたと思う。だけど彼の目を見て答えた私を前に、やっぱり如月さんは一瞬だけ目を丸くしてから、今度は見とれるほど綺麗に微笑んでみせた。

「理由ならあるよ」

「え？」

「俺はもともと、コスモスの作品――いや、はじめて君の作品を見たときには、君の才能に惚れ込んでいた。モノにはそれを作った人の心が映し出されるというから、君が作った温かみのある作品を見て……もうずっと前から、君に会いたくてたまらなかったんだ」

そう言った彼はなぜか、なにかを懐かしむように一瞬だけ私の首もとで光るサクラのチャームのついたネックレスへと目を向けた。

「ずっと前からって……」

「……ああ。だけど君と会って、仕事に対する姿勢や家族を思う君の話を聞いて、回りくどいことをしている時間ももったいないと思ってしまうくらい、すぐにでも君が欲しくなった。……まぁ、それを言ったら、もともと欲しくて、たまらなかったんだけどな」

キザな台詞をサラリと恥ずかしげもなく言ってのけた如月さんは、色気たっぷりに目を細める。

「花宮桜さん。俺は今、君が欲しくてたまらなくて、どうしたら君を手に入れられるか必死に考えている。どうしたら君が俺に興味を持ってくれるのか……誰かのことをこんなふうに思うのははじめてで、どうにも自分の気持ちを抑えられそうにない」

その瞬間、ドキリと心臓が大きく跳ねた。同時に体の芯が甘く震えたのはたぶん、女としての本能が、くすぐられたからだろう。

どうしたら私が自分に興味を持ってくれるかなんて、そんなの彼を前にした女性なら誰もが一度は、彼を知りたくなるに違いないのに。

「君を手に入れるためなら、どれだけ労力を使っても惜しくはない。だから君がなにかを遠慮する必要はないんだ」

ああ……やっぱり、これは夢だ。たちの悪い夢。私、疲れているのかな。幻想だとしても、やけに生々しいのが嫌になる。

もう、なにを信じていいのか、自分すら見失いそうだった。だけど相変わらず迷いのない彼を前にして、心臓は早鐘を打つようにバクバクと高鳴っていた。

次はなにを言われるのかと緊張しながらも、女として淡い期待を抱いている。そんな自分ははじめてで、なんだかすごく恥ずかしくなった。不意に湧いて出た欲が彼にもバレてしまっているような気がして、余計に頬が熱くなる。

「あ、あの」

「……ほんと、かわいいな」

「え……っ」

「大丈夫。君は安心して、自分の夢を追いかければいい。な、簡単だろ？」

「そ、そんな……。それこそ私には如月さんに、そこまでしていただく理由がありません。それに私、こういうことに免疫がないので、もう本当に……からかうのは、やめてください」

とにかく必死に、言葉を絞り出した。すると今度は、そっと目を細めて魅惑的に笑った彼の瞳に射抜かれる。

むせ返るような色気をまとった甘い瞳だ。ドクンと鼓動が飛び跳ねて、思わず首もとで光るサクラのチャームに手を添えた。

自分で自分がわからなくなるのが怖い。彼にのみ込まれて、これまで培ってきたモラルと常識を、甘い言葉で溶かされてしまう。

「わかった。それなら今、その理由もつくってしまおうか」

そうして告げられた言葉に、私は二十六年間生きてきた中で、一番と言っていいほどの衝撃を受けた。

「俺と、結婚しよう」

「け、結婚……⁉」

「そう。そうすれば俺は堂々と、君の望むすべてを叶えられる。もういちいち、なにかするたびに理由を探すような面倒くさいこともしなくて済むし、君の家族なら、夫である俺が守って当然だろう？」

「な……なに、言って……」

息をのむ。なにか言わなきゃと思うのに、続く言葉が出てこない。

「基本的に遠回りは嫌いなんだ。今、目の前に欲しいものがあるのに、指をくわえて見ているだけなんて、俺にはとても耐えられない」

「だからって……」

「何度も言うようだけど、俺は今すぐにでも、君が欲しい。だから、花宮さん――いや、桜。俺と、結婚しよう。それが桜だけでなく、今の俺にとっても〝最善〟だ」

これが、〝最善〟。──彼と結婚することが、私の最善。

そして、私と結婚するのは自分にとっても最善なのだと彼は言う。

「俺が君を、幸せにする」

再び紡がれた迷いのない声に、心を貫かれた。それは天地がひっくり返ったみたいな衝撃だった。

今、目の前でやわらかく微笑む彼のなにを、信じたらいい？　これがいわゆる、結婚詐欺？

ううん、彼ほどの地位のある人が、とくにメリットもない私を相手にそんなことをする理由がない。仮にメリットがあるとしたら、私がルーナに必要な人材だということだけだろう。

もちろん、それだけでプロポーズまでするのかと、にわかには信じがたいけれど、もうそれ以外に彼がここまで私を気にかけてくれる理由が見つからなかった。

そもそも、はじめから理解しようとすることが間違っていたのかもしれない。低迷していたルーナをよみがえらせた敏腕社長の考えることを、凡人の私が理解できなくても当然だろう。

でも……そう考えると彼も打算で私に結婚を申し込んでいるのだ。だって、そうでなければ、こんなに都合のいい話があるはずがない。

彼は私がルーナに必要な人材だから、どうにかして私をつかまえるために結婚しようと言っている。そして如月さんが自ら提示した結婚の条件はすべて、私には理想的なことばかりだった。

その上容姿端麗、スペックも申し分ないパーフェクトな如月さんを前に、私が断る理由などあるはずもない。

当然、如月さんが言ってくれた結婚の条件をすべて、彼が満たしてくれたらの話だけれど……。彼ほどの人が後々全部嘘でした、なんてそれこそ結婚詐欺になるようなことはしない気がするし、私よりも彼が背負うリスクのほうがあまりにも大きすぎる。

「あ、あの……」

「うん？」

「本気ですか？」

「もちろん。冗談でこんなことを言うはずがないだろう？」

彼は長いまつ毛を伏せると頬杖をつき、はじめてなにかを隠すように横を向いた。

あらわになった彼の耳は、ほんのりと赤く色づいていて、それに気づいてしまった私の顔も、今度は耳まで熱くなる。

これもすべて、彼の計算？　私をルーナに引き抜くための、彼の作戦なのだろうか。

「わ、私……」

そう思ったらなぜか胸を痛めている自分がいて、必死に混乱を押し込めた。

彼が打算でプロポーズをしたのなら、私が打算でそのプロポーズを受けてもなんの問題もないはずだ。むしろそれを〝最善〟だと彼が言うのなら、やっぱり私がこの申し出を断る理由はどこにもない。

「……さすがに、こんなに緊張したのは、はじめてだ」

「え……っ」

「とりあえず、今日はだいたいの引越しの日取りでも決めようか」

どこか照れくさそうに言う彼は、決して悪い人には見えなかった。

「今後、お祖母様が退院したときのことも考えたら、バリアフリーで少し広いところに住まないとダメだろう。ああ……だけどその前に、まずは桜の大切なお祖母様に挨拶に行かないと、だな。……なんか、そっちのほうが今より緊張しそうだ」

続けてそう言った如月さんが、らしくもなく口もとを手のひらで隠しながら息を吐くから力が抜けた。

こんなことを言ったら失礼だけど、彼も私たちと同じ人間なのだ。彼の肩書と、仕事のために打算でプロポーズまでしてしまうところや、ここまでの堂々とした立ち居振る舞いで、なんだか別世界の人なのかと思っていたけれど……違うんだ。

それがなんだかうれしくて、明かりが灯ったように心の中が温かくなる。

「その前に……君の気持ちを聞かないと、前には進めないけど」

再び真っすぐにこちらを向いた如月さんを前に、心臓が飛び跳ねた。

──私の、気持ち。まさか、今日会ったばかりの彼と結婚だなんて、これまでの私であれば考えられないことだった。

きっと、私の友達の誰が聞いてもバカだと言うし、あきれて怒ることもあるだろう。私も実際、いまだに今の状況が信じられないし、彼の甘い言葉を真に受けそうになった自分を、心の底からバカだとも思う。

「私の、気持ちですか」

「……引越し先は、一緒に探そう。君が気に入ったところに住みたいし、もちろん、セキュリティはしっかりしたところで」

独り言のような彼の言葉に、思わず顔が綻んだ。

「……なんだか如月さんって、おもしろい人ですね」

「そうかな？　まぁ、つまらなくはないと思うよ」

「ふふっ……。そうやって、自分で言いきるところ、結構好きです」

サクラのチャームに添えていた手からも力が抜けた。大切なことは、常識というモノサシでは測れない。凝り固まった考えも、彼の強い瞳と迷いのない態度が全部、吹き飛ばしてしまった。

今日、はじめて会ったばかりの彼と結婚するなんて、そんなのきっと、普通じゃない。なにより地位も名誉も美しさも、なにひとつ持ち合わせていない私が、彼とつり合うとは思えないけれど……。

「……如月さん、申し訳ありません」

「え？」

「ありがとうございます。今のお話、謹んでお受けいたします」

そう言って微笑めば、再びキョトンと目を丸くした如月さんと目が合った。

「私、如月さんと結婚します。これからどうぞよろしくお願いします」

言い終えて、頭を下げた。けれど次に顔を上げたらなぜか心外そうな表情をした彼がいて、思わず首をかしげてしまった。

「如月さん？」

「なんで申し訳ないとか言うんだ。一瞬、また断られるのかと思ったけど……安心した」

今度こそ、朗らかに微笑んだ如月さんを前に胸の奥が熱くなる。相変わらず窓の外には宝石が散りばめられたような夜景が広がっていて、どうしようもなく泣きたくなった。

「よかった。これで心置きなく、桜を幸せにできる」

何度聞いても、私にはもったいない言葉だ。だけど今、ここにあるぬくもりはたしかに、私に手を伸ばしてくれている。

それなら、その手を取って、前を向こう。たとえこれが、打算で決めた愛のない結婚でも……これが私たちの〝最善〟だから。

「こんな結婚、世間の一般常識で考えたら絶対に、ありえないですよね」

「そうかな？」

「そうですよ。だけどもう、常識とかそういうのを考えだしたらキリがなさそうなので、私は私の直感を信じます」

まさかこんなことになるなんて、数時間前の自分が聞いたら、きっと腰を抜かすだろう。

「たとえどんな始まりであれ、あなたの妻になると決めた以上、私は最善を尽くします。あなたが私との結婚を後悔しないように、私は私なりに精いっぱいがんばりますので……。如月湊さん。どうぞ末永く、よろしくお願いします」

再び背筋を伸ばすと彼の正面に座ったまま、改めて頭を下げた。私が打算的に結婚を決めたと知ったら、祖母は悲しむだろうか。

ううん……どうしてか不思議と彼に会ったら、祖母は喜んでくれるような気がする。『おめでとう』と、笑顔を見せてくれる気がするのは今、私が笑えているからだ。

「……まいったな」

「え？」

「桜はいちいち、俺のツボを突く。桜の笑顔を見たら、ちょっともう、たまらない。ここじゃなければ、今すぐ抱きしめていたところだ……」

短い息とともに吐き出された言葉に、私は反射的に頬を赤らめた。

「ここがレストランなのが、悔やまれる」

残念そうにグラスに口をつけた彼に驚いて、私は目を丸くした。

「あ、あの、如月さん……」

「〝湊〟でいい。俺は桜の夫になるんだから、君には、そう呼んでほしい」

続けた彼は、ほんの少しだけ照れくさそうに笑った。

──湊、さん。心の中で彼の名を呼ぶと、心臓が呼応するように甘い音を奏でる。

「──花宮桜さん」

「は……はいっ」

「俺は君の夫として、君を生涯守り抜くと誓う。桜が両手に抱えているものを、これからは俺にも背負わせてほしい。とりあえず、嫌というほど幸せにしたいとは思っているから覚悟して」

言い終えて、極上の笑みを浮かべた彼を前に鼻の奥がツンと痛んだ。面と向かって誰かに『守る』と言われたのは、これで二度目だ。一度目は両親が亡くなって、ひとりになった私を祖母が抱きしめてくれたとき。

「桜。これから、どうぞよろしく」

やわらかな声に、涙がこぼれた。笑顔でうなずくのが、精いっぱいだった。

結局その日食べたご飯の味は、わからない。だけど彼からもらった言葉も気持ちもすべて──。

「はい……。よろしくお願いします」

私は生涯、忘れることはないだろう。

「ずっと探してた」


「まぁ驚くし、すごい話だよね。でも、結婚おめでとう」

如月さんとはじめて顔を合わせてから、早三週間が経とうとしていた。

慌ただしかったその三週間をどうにか乗り越え、ようやく時間をつくることができた私は、学生時代から行きつけだったカフェを訪れている。

「それにしても玉の輿かぁ。いいなぁ……あ、デザートにチーズケーキ頼んでいい？」

「蘭《らん》って、本当マイペースだよね……。なんか、逆に落ち着く。ありがとう」

お決まりのホットコーヒーに口をつけながら息を吐くと、向かいの席に座る友人の蘭が、おもしろそうに笑った。

「これでも一応、驚いてるよ？　だって桜の結婚相手が、あのルーナの社長だなんてさ。私もルーナのジュエリー持ってるけど、本当にかわいくて大好きだもん」

ロイヤルミルクティの入ったグラスに手を添えた彼女の言葉に、「だよね……」と、他人事のように返事をした。

蘭とは専門学校時代からの付き合いだ。グラフィックデザイン科とプロダクトデザイン科で所属は違ったものの、なんとなく気が合って、社会人になってからも時々こうしてランチを楽しんでいる。

今、蘭はグラフィックデザイナーとして日夜仕事に励んでいた。私にネットショップを始めるように勧めてくれたのもほかならぬ、彼女なのだ。

いつ会っても綺麗で人目を引く容姿をしているのに、それをちっとも鼻にかけない蘭。私はそんな彼女のことがとても好きで、ジャンルは違えど〝デザイナーになる〟という同じ夢を志していた友として、尊敬もしている。

「蘭の言う通り、ルーナのジュエリーは本当に素敵なものばかりで……。だからこそ私がルーナの力になれるのか、いまだに自信が持てないよ」

心を許せる親友とも言える彼女を前に、思わず弱音が漏れてしまった。如月さんとの結婚ももちろんだけれど、自分がこれからルーナでやっていけるのか不安だらけだ。

けれど、ついまつ毛を伏せてしまった私を見て、蘭はそっと微笑んでから首をかしげる。かわいらしい彼女の仕草に見とれていると、蘭は長い髪を耳にかけながら、ゆっくりと口を開いた。

「誰だって新しくなにかを始めようとするときは、不安で自信が持てなくてあたり前でしょ。力になれないかも……なんて考えるよりも、どうしたら力になれるのか考えたほうが楽しいんじゃない？」

「蘭……」

「私、桜の作るアクセサリー、すごく好きだよ。如月さんだって桜の作品に惹かれたからこそ、力になってほしいって言ってるんでしょう？　あのルーナの社長に、そこまで言わせるってだけで十分自信を持っていいと思うけど」

その言葉に、私は思わず唇を噛みしめた。まぶたを閉じれば、この三週間の間に起きた出来事が、走馬灯のように脳裏をよぎる。

本当に、いろいろなことがありすぎた――。

『とりあえず、両家への報告だな。さすがにこればっかりは、しておかないとマズイだろう』

彼がそう言った翌日、私は本当に、如月さんのご両親のもとへと連れていかれた。善は急げ。そう言わんばかりに、彼は私に、思い悩む時間すら与えてくれなかったのだ。

如月さんに連れられるがまま訪れたのは、銀座の一等地に構えられた、知る人ぞ知る老舗料亭だった。そこには如月さんのお父様……つまり、ウィズウエディングの代表取締役社長が待っていて、必然的に体には緊張が走った。

　厳格そうなお父様の隣には、かわいらしい雰囲気をまとったお母様が座っていた。

如月さんと知り合って、まだ二日目の出来事だ。自分がなぜこの場所にいるのか……と、私は一瞬で、わからなくなってしまった。

如月さんはセレブな御曹司で、そもそも私とは生きる場所も次元も違う人。だからこそ、ご両親にはきっと、私との結婚は反対されるに違いない。

そうなったらそうなったでキッパリと身を引いて、今回のことは彼の一時の気の迷いだったのだ……なんて、ひと晩であれこれ考え、心に決めていたのに……。

『桜さん、はじめまして。ふつつかな息子ですが、どうぞよろしくお願いします』

ご両親は私を見るなり顔を綻ばせると、なぜか両手を広げて、ちっぽけな私を歓迎してくれた。

　これは私の勝手な想像だったのだけれど、如月さんほどの地位と名誉を持ち合わせている人なら、許婚《いいなずけ》とか親が認めた結婚相手しか、受け入れられないんじゃないかと思っていた。

『桜は、ドラマの見すぎだよ』

だけど思っていたことをそのままつぶやくと、彼はおもしろそうに喉を鳴らして笑い、私の妄想を一蹴した。

『自分の結婚相手くらい自分で決める。親に決められた人生なんて、まっぴらごめんだし』

清々しい表情で言いきった彼に、心臓が甘く高鳴ったことを覚えている。そして、その言葉に嘘はなかった。実際、如月さんはご両親の前で堂々と私を紹介すると、『今月末には婚姻届を出してくる』と宣言したのだ。

そんな突拍子もない彼の言動にもご両親は慣れっこなのか、とがめる様子もなかった。それどころか私たちの結婚をとても喜んでくれて、私を新しい家族の一員として優しく迎え入れてくれたのだ。

『湊、桜さん。結婚、おめでとう』

おふたりの笑顔は息子である彼の笑顔とよく似ていて、構えていた心が紐解くように、一瞬でやわらいだ。

温かくて、穏やかで。すべてをそっと包み込む……春の日差しのような、優しい笑顔だった。

「──だから、一度やるって決めたなら、がんばってみなよ。そのほうが桜らしいし、私は学生時代から、そういう桜が好きだもん」

カラン、とロイヤルミルクティの氷を鳴らした蘭を前に、私はゆっくりと顔を上げた。

一度やると決めたら、簡単にはあきらめない。それは学生時代からずっと、課題を前に掲げた私のポリシーでもある。

「ありがとう、蘭。私、がんばってみる。せっかくもらったチャンスだし、なにより今は……彼の役に立ちたいとも思ってるの」

私の言葉に、蘭が意外そうに目を見開く。

如月さんの役に立ちたい。もしかしたらそれは、この三週間で私の中に生まれた、一番大きな心境の変化かもしれない。

如月さんのご両親と顔を合わせた後は、祖母が入院している病院へふたりで向かった。

突然現れた彼に、驚き固まっていた祖母。私は祖母に如月さんとの結婚をどう説明するべきか最後まで悩んでいたのだけれど、いざ祖母を前にしたら頭が真っ白になってしまった。

『おばあちゃん、私、この人と結婚する』

ベッドの上で上半身を起こしていた祖母の前に立ち、開口一番にそう告げていた。

すると祖母は大きく目を見開いてから肩を震わせ、無言で大粒の涙をこぼしたのだ。

私はその涙に戸惑って、言葉を失くして固まった。如月さんを紹介したら、喜んでくれると思っていた。なにより、祖母が泣いているところは、一度も見たことがなかったのだ。

もしかして、彼氏もいないと言っていた私が急に結婚するなんて言い出したから、なにか変なことに巻き込まれたのだと不安にさせてしまったのだろうか。そもそも、喜んでくれると思っていたのは独りよがりな考えだったのかもしれない。

『お、おばあちゃん、私――』

『突然のことで、驚かせてしまって申し訳ありません。僕は、如月湊と申します』

けれど、慌てて事情を説明しようとした私の言葉を切ったのは、彼の穏やかだけど凛とした声だった。

反射的に顔を上げると、私の隣に立ち、祖母へと真っすぐに目を向ける如月さんがいた。

『実は桜さんとは知り合ってから、まだ日は浅いのですが、僕は桜さんが今言った通り、彼女と結婚したいと思っています』

そこまで言うと如月さんは膝を折って、病室の床に躊躇なく、ひざまずいた。

そうしてベッドの上の祖母を見上げながら息を整え、ゆっくりと口を開いたのだ。

『僕はまだまだ未熟な人間ですが、桜さんを心から幸せにしたいと思っています。だから、桜さんを僕にください。お祖母様がこれまで愛してきたように、僕も彼女に一生涯、枯れることのない愛を捧げます』

やわらかく微笑んで、そう言った彼の言葉に私の目からは涙がこぼれた。

――一生涯、枯れることのない愛を捧げる。

心臓が甘く高鳴ったのは、その言葉を口にした如月さんの目が真っすぐで、嘘をついているようには見えなかったからだ。

普通なら恋をして、恋人同士になったふたりがゆっくりと時間を重ねてからたどり着くのが、〝結婚〟だと思う。だけど恋すら通ってきていない私たちの間に、愛情のようなものは存在しない。

そもそもこの結婚は、お互いの利害が一致したために決めた結婚だった。打算で成り立った婚姻関係なのだ。実際、私が彼を今、愛しているのかと尋ねられたら、うなずくことはできないだろう。

彼との結婚を自分の最善と考え、彼からの結婚の申し出を受けたものの、彼に対して特別な感情を抱いているのかどうかは、まだよくわからなかった。

『桜ちゃんを、どうぞよろしくお願いします……っ』

『はい。彼女を泣かせることのないように、これからは僕も彼女を支えます』

だけど、そう言った如月さんの言葉と様子からは、不思議と私への愛情のようなものを感じ取れた。もちろん、私の祖母を前にして、如月さんが言葉を選んでいたということも理解している。

それでも、なんとなく……彼は本当に私を愛してくれているんじゃないか、なんて、錯覚を起こしてしまいそうになった。それほど彼の言動には迷いがなく、終始、情熱的で毅然としたものだったのだ。

「蘭、私……」

「でも、これでひとつ、私の夢も叶いそう」

「え？」

「だって、私がいつか結婚するーってなったときには、桜がデザインした結婚指輪をつけたいって思ってたの。だから、それまでにルーナで腕、磨いてよね。それで最高に素敵な結婚指輪を、私のために作ってね」

かわいらしくウインクをした蘭を前に、胸がギュッと締めつけられた。

蘭は私の祖母が倒れて、私がジュエリーデザイナーになるという夢を手放してからも、ずっと変わらずに、私を応援してくれた。

そんな彼女に私は誰よりも幸せになってほしいと思っていたし、いつか本当に、蘭と蘭の愛する彼のために指輪を作ることができたら、この上なく幸せだ。

「ありがとう、蘭。配属されるのは企画課だから、まずはそこで、たくさんのことを学ぼうと思う」

「うん、がんばってね。……とはいえ、まずは私が結婚相手を探さないと、指輪なんて夢のまた夢だけど」

「ふふっ、なに言ってるの。蘭なら、すぐに見つかるでしょ」

「どうかなぁ……。今の私の周りにいるオトコなんて、ムカつくほど仕事のできるイジワルな上司くらいだし。そもそも今は仕事が楽しくてたまらないから、結婚なんてまだまだ先の話かな」

あきれたようにため息をついた蘭を前に、声をこぼして笑ってしまった。

きっと、大丈夫。自分で決めた以上、私は前を向いて歩いていくだけだ。今はただ、自分と如月さんを信じて歩いていこう。

心の中で、そんな言葉をつぶやきながらコーヒーカップに手を伸ばす。カップに口をつけると、ほろ甘く心地のいい苦みが口いっぱいに広がって、なぜだか無性に彼に会いたくなった。

「如月さんって、三十一歳なんですね。じゃあ、私とは五歳差だ」

蘭とランチをした日の翌日、私は仕事終わりの如月さんに病院帰りのところを拾われた。

向かう場所は区役所で、目的は婚姻届の提出だ。書面に書かれた彼の生年月日を見て、今さら如月さんの年齢を意識した自分を改めて不思議に思う。

「五歳差ってとこだけ聞くと、少し落ち込むな。俺が大学一年のとき、桜はまだ中学生か」

「犯罪ですね……」

「ああ、間違いない」

「ふふっ。でも、もうすぐ私も二十七になるので、四歳差になりますよ。むしろ、この年になると四歳差も五歳差も気にならないから、不思議ですね」

乗り心地のよい如月さんの愛車のシートに背を預けて笑うと、彼もおもしろそうに喉を鳴らした。

一番不思議なのは彼の名前の横に自分の名前が書かれていることなのだけれど、それはもう今さら、あえて口にはしない。

この三週間で両家への挨拶、私の勤めていた会社への辞表の提出、祖母の転院の手続きに、引越し先の決定までを済ませた私たちは、これから晴れて夫婦になる。

最初は驚きと戸惑いしかなかった結婚も、如月さんといるうちに私の中で現実味を帯びてきた。それは彼がこの三週間、常に誠実に対応してくれたからなのだと思う。

結婚詐欺かもしれないだなんて思っていた自分が恥ずかしい。如月さんはとても忙しいはずなのに、いつでも私を気遣ってくれて、そっと手を取り続けてくれていた。

「……如月さんは、なにが好きですか。趣味はなんですか。子供の頃はどんな子供でしたか？」

ここぞとばかりに尋ねる私に、運転中の彼が「見合いの席みたいだなぁ」とこぼして、やわらかく微笑んだ。

「好きなことは、映画鑑賞かな。趣味はジュエリーやアクセサリーを眺めること。子供の頃は……そうだな、好奇心旺盛で、なんでも一番じゃないと気が済まなくて、とにかく負けず嫌いで嫌みな奴だったと思う」

「ふふっ、なんだか想像できちゃいます」

赤信号で車が止まって、反動で体が深くシートに沈む。ふと隣に目をやれば私の視線に気づいた彼と目が合って、自然と頬が色づいた。

「今さら俺を質問攻めして、どうするつもり？」

ハンドルに腕をのせ、こてん、と首をかしげた彼を前に鼓動が跳ねた。そっと細められた綺麗な瞳には心の奥まで見透かされてしまいそうで、体の芯が甘く痺れる。

狭い車内にふたりきりというのはまだ慣れなくて、意識すると緊張せずにはいられなかった。

「い、一応これから如月さんの妻になるので、夫のことは少しでも多く知っておかないと、ご迷惑になることもあるかと思って……」

慌てて視線を逸らしてうつむくと、私はキュッと唇を噛みしめた。

まだ知り合って三週間、私たちはお互いに知らないことが多すぎる。如月さんはそれについてなぜか気にするそぶりは見せないけれど、私はどうしても気になって仕方がなかった。

一度は納得したものの、やっぱり考えれば考えるほど疑問が湧いてくる。彼がコスモスのアクセサリーを気に入り、どうしてもルーナに私が欲しいと言ってプロポーズしてきたのは事実だ。

だけど、そもそもそれだけのために、大手企業のご子息が結婚を決めてしまうなんてことがあるのだろうか。一般人の私には、まるで理解ができない世界だった。

もちろん、打算だけで彼との結婚を決めた私に言えたことではないけれど……。私なんかより優秀で素敵なデザイナーだってたくさんいるだろうし、彼ほどの人であれば、結婚相手は選り取り見取りだったはずだ。

「婚姻届を提出する前に、桜に大切な話があるから少し寄り道をしてもいいかな？」

「え……」

と、不意にかけられた言葉に驚いた私は、うつむいていた顔を上げた。タイミングよく信号が赤から青に変わって、再び車がなめらかに走りだす。

「大切な話って……」

「うん。着いてからするから、桜は難しく考えなくていい」

相変わらずやわらかな口調で話す如月さんを前に、私は「はい……」と、うなずくことしかできなかった。

窓の外を流れるネオンと、革のシートの心地のよい感触。私は彼から視線を逸らして前を向き、彼に気づかれないようにスカートの裾をキュッと握りしめた。

「──着いたよ」

「ん……」

次に彼の声を聞いたとき、私のまぶたは閉じていた。いつの間にか眠ってしまっていたらしい。ゆっくりとまぶたを開けると一足先に車を降りて、助手席の扉を開けてくれた如月さんと目が合い、思わず目を見開いた。

「気持ちよく寝ていたのに、起こしてごめん」

穏やかに微笑む彼の言葉に、私の意識はようやく現実へと引き戻された。

「あ……！　わ、私……っ。ご、ごめんなさいっ、知らないうちに眠って……！」

飛び起きると、如月さんが今度はおもしろそうに小さく笑う。慌ててシートベルトをはずして車を降りた私は、スカートの裾と髪を必死に直した。

この三週間、忙しくてあまり眠れていなかった。急遽退職することになった会社での仕事の引き継ぎと、祖母のお見舞いに加えて如月さんとの結婚準備……。もちろん、新生活への不安もあった。

とはいえ、そんなことは言い訳にもならないだろう。婚姻届を提出しにいく道中で居眠りをするなんて、緊張感がないにもほどがある。なにより私なんかよりもよっぽど、如月さんのほうが仕事で疲れているだろう。

うう……本当に、穴があったら入りたい。まさか、イビキなんてかいていなかったよね？と考えたら、絶望的な気持ちになる。

「かわいい寝顔を見ることができて、得した気分だったけど」

「え……」

「本当は、もう少しゆっくり寝かせてあげたかったけど、どうせならベッドで寝たほうが、体もよく休まるだろう？」

「ベッド……？」

「――それじゃあ、あとはよろしく」

「かしこまりました」

そのとき、突然聞き慣れない声が背後から聞こえて、私は弾かれたように振り返った。見れば黒服に身を包んだ男の人が丁寧に頭を下げて、如月さんから車のキーを受け取っている。

「歩ける？」

「あ、あの……？」

予想外の状況に、慌てて辺りを見回した私の頭の中は混乱で揺れていた。てっきり区役所の駐車場に着いたのだと思っていたけれど、ここはどこかのエントランスの車寄せのようだ。

私を囲むのは気品に満ちた明かりと、大理石の壁。足もとのタイルはピカピカに磨かれていて、塵ひとつ見つけられなかった。入口の上部、黒地に金色の文字で書かれたホテル名を見て、目眩を起こしそうになる。

……なんで？

ここは都内でも有数の高級ホテルの正面玄関だ。乗ってきた車を車寄せに置いたまま、如月さんは私の腰に手を添えると「行こうか」と、ホテルの中へ促した。

「き、如月さん……？」

これはいったい、どういうことだろう？　今から区役所に行って、婚姻届を提出するんじゃなかったの？

そういえば今、如月さんはベッドで寝るとかなんとか言っていた。寝起きの私の聞き間違いではなければ、たぶん——そのほうが体もよく休まるからと、言っていたと思う。

「婚姻届を提出する前に、桜に大切な話があるから寄り道していいか聞いただろう？」

「あ……」

目を白黒させている私を見て、如月さんはやわらかな笑みを浮かべた。

『婚姻届を提出する前に、桜に大切な話があるから少し寄り道をしてもいいかな？』

言われてみれば先ほど車の中で、如月さんにそんなことを言われたのだ。寝起きと混乱で、すっぽりと頭から抜け落ちてしまっていた。

「今日はこのホテルの部屋を取ってあるから、そこで、ふたりきりでゆっくり話したい。婚姻届は明日の朝、提出しにいこう」

言いながら彼は私の腰を抱いたまま、ホテルのエントランスを抜ける。そのまま慣れた様子でロビーでチェックインを済ませると、きらびやかなエレベーターに乗り込んだ。

あまりの手際のよさと慣れない状況に、私はただ、されるがままだ。そんな私の思いを知ってか知らずか、如月さんは最上階である五十三階のボタンを押すと、いまだに困惑している私に向き直った。

「驚かせて、ごめん」

「え……？」

ふたりきりのエレベーター内。ぽつりとこぼされた言葉に、弾かれたように顔を上げた。

困ったように眉を下げる如月さんの少し弱気な表情に、心臓が不穏な音を立て始める。

……如月さん？

如月さんのこんな表情を見るのは、はじめてだ。出会ってからの彼は堂々としていて余裕たっぷりで、私を穏やかに包み込んでくれていた。

「実は最初から、このつもりだったんだ。桜が承諾してくれたら今日はこのホテルに泊まって、婚姻届は明日提出しようと思ってた」

「あ、あの、私……」

そっと髪を耳にかけ、緩く震える息を吐く。最初からこのつもりだったということは……如月さんは今日、最初から私とこのホテルに泊まるつもりだったということだ。

それってつまり、そういうことだよね？　私は今夜、如月さんとこの場所で、はじめて——。

意識した瞬間、血液が沸騰したように熱くなり、鼓動がバクバクと高鳴った。彼と結婚する以上、いつかこういう日がくると覚悟はしていたものの、あまりに突然で、心の準備ができていない。

そもそも私たちは結婚すると決めたものの、まだ、キスすらしたこともなかった。

やっぱりこんなの、絶対におかしい。そう思うのに、彼に見つめられると、この結婚に対しての否定的な思いは鳴りを潜めて、彼に身を委ねたくもなる。

「降りようか」

品のいいベルの音とともに止まったエレベーターは、目的の階に到着したことを知らせていた。

彼にエスコートされながら、私は彼が用意してくれていた部屋の扉の前に立つ。スタイリッシュなのにラグジュアリー感あふれる扉には、英文で書かれたホテル名と『Ｓｕｉｔｅ《スイート》』の文字が光っていた。

もしかして、ここは……このホテルの、スイートルームなのだろうか。

「え……あ、あの、まさかここに……」

緊張と戸惑いのピークを迎えた私は、思わず背の高い如月さんを見上げた。けれど慣れた様子で扉を開いた彼は、ごく自然な立ち振舞いで、私を部屋の中へと誘《いざな》っていく。

「話をする前に、なにかルームサービスでも頼もうか？　それともワインかシャンパンでも……桜の好きなものを、好きなだけ頼んだらいい」

穏やかに言う如月さんの言葉に、私は驚きのあまり返事をすることができなかった。

扉を開けると一番に目に飛び込んできたのは、驚くほど広いリビングルームだ。広さは約三十畳くらいだろうか。

品のいい楕円形のテーブルを囲うようにひとり掛けのソファが三つ、大人が足を伸ばして寝られるほどの広さの四人掛けのソファがふたつ、並んでいる。続き部屋になっているダイニングルームには大理石のテーブルがあり、椅子が十人分も用意されていた。まるでここで、重役会議でもできそうだ。

シックかつエレガントにまとめられた空間は、体験したことのないほど優美で高級感にみちているのに、居心地のいい雰囲気だった。

「わ……ぁ、素敵……」

そして、なにより私の心を魅了したのは宝石を散りばめたような美しい夜景だった。年甲斐もなく大きな窓のそばまで駆け寄って、冷たいガラスに手を添えれば、私の視界をきらびやかな世界が埋めた。

都会の喧騒を忘れてしまう美しさだ。――まるで、ジュエリーボックスみたい。色とりどりの光が輝いて、見ているだけで幸せな気持ちになる。

「……まるで、ジュエリーボックスみたいだよな」

耳もとで甘くささやかれた言葉にハッとして振り向くと、背後に立つ如月さんと目が合った。やわらかな笑みを携えた彼は私が触れているガラスに手を置いて、私を囲うように腕の中に閉じ込める。

「わ……私も今、同じことを考えていました……」

慌てて如月さんから目を逸らした私は、ガラスに添えていた手を首もとのサクラのチャームへと引っ込めた。心臓は今にも爆発してしまいそうなほど高鳴っている。

それがはじめてのスイートルームという場所への緊張なのか、綺麗すぎる如月さんに対してなのかは、もう自分でもよくわからない。さらには、これから起きる彼とのなにかを考えたら――貧血を起こして、この場で倒れてしまいそうだった。

「でも、これが全部本物の宝石だったら、私はどれだけデザイン画を描いても間に合わないですね」

必死に平静を装って、苦笑いをこぼした。そんな私とは裏腹に、こんなに素敵で特別な場所に来ても、如月さんは平然としている。

やっぱり彼は、住む世界の違う人なのだ。そんな彼がどうして私と結婚しようと思ったのか、冷静になればなるほど答えにたどり着けなくなって、ほんの少し寂しさも覚えてしまう。

「たしかに、これだけの宝石を全部ジュエリーにするとなったら、桜は仕事漬けになるな」

おもしろそうに喉を鳴らした如月さんは、不意に窓ガラスから手を離した。

「でも、そこまで桜が仕事漬けになったら、俺が耐えられない。ようやく手に入れたのに、桜を独占するジュエリーを嫌いになってしまうかもしれないな」

「え……？」

思いも寄らない言葉に顔を上げると、真っすぐに私を見る如月さんの綺麗な瞳と目が合った。淡い光が映り込み、彼の瞳も宝石のように輝いている。

「俺は、ジュエリーを愛する桜が好きだ。だけど、そんな君を独占するのは、俺だけでいい」

艶のある声が、私の鼓膜を甘く揺らした。

「桜には、いつでも俺だけを見ていてほしい。俺のことだけ考えて、俺に振り回されていたらいいのに……なんて思うのは、上司としては失格だな」

穏やかに微笑む如月さんの笑顔とは対象的に、渡された言葉は熱情的かつ蠱惑《こわく》的だった。静かに伸びてきた綺麗な指が、頬に流れていた私の髪を耳にかける。不意に触れた指先に体が跳ねて、反射的に身を固くした。

「だけど俺は、もうずっと前から、君のことが欲しかった」

「あ……っ」

「欲しくてたまらなくて……桜を見つけた瞬間、喜びで胸が震えて、こらえきれなかった」

如月さんの綺麗な手が、私の左手を持ち上げる。そっと口づけられた手の甲の感触に声をあげたら、恥ずかしさで頬に赤が差した。

「一生幸せにすると誓う。だから俺と、結婚しよう」

一瞬、時間が止まったような気がした。そう言って、突然私の前にひざまずいた如月さんは、ポケットから紺色の箱を取り出したのだ。

「これ、は……」

手のひらにおさまるサイズの小さな箱だ。箱の蓋の部分には金色の糸で、ルーナのロゴが刺繍《ししゅう》されている。

ルーナでも最上級の、ハイジュエリーをおさめたケースに使われる装飾だった。私のような一般人では、とても手が出ない、高級ラインの限定ジュエリーだ。

「どうしても婚姻届を提出する前に、桜に渡したかったんだ」

そっと開かれた箱の中には、まばゆい光をまとったプラチナのリングが入っていた。リングの中央には大きなダイヤモンドが光を反射して輝いていて、思わず言葉を失ってしまう。

「本当は、もっと早くにするべきだったのに、遅くなってごめん。今日までたくさん戸惑わせてきたと思うけど、これまで伝えてきた通り、桜を幸せにするという気持ちに嘘はない。だから……桜。俺と、結婚してくれないか？」

ようやく事態を理解した私の目からは涙がこぼれた。

まさか今日、彼から改めてプロポーズされるだなんて、思ってもみなかった。

「はじめて会ったときのプロポーズは、まるで仕事の話のついでみたいな形になってしまったから」

真っすぐに私を見上げる如月さんの目はひた向きで、いつだって嘘がない。

私は彼との結婚が自分の最善だと思ったから、彼からの申し出にうなずいた。

祖母のことと、自分の夢。彼と一緒になれば、そのどちらも守ることができると思ったから、彼との結婚を決意した。

だけど今……気がついた。いつだって真っすぐに私を見て、優しく包み込んでくれる彼だからこそ、結婚したいと思えるのだ。出会ってまだ数週間、お互いに知らないことばかりだけれど、触れ合うぬくもりは嘘をつかない。

彼の言葉と、彼自身を信じよう。そして、これから彼とふたりで歩んでいきたいと、この三週間で何度も思った。

「……桜？」

「……はい。よろしくお願いします」

私はネックレスのサクラのチャームの前で握りしめていた手をほどいて、彼の前へと差し出した。涙をぬぐうことも忘れて微笑めば、如月さんがどこか安心したように表情を和ませる。

「よかった。今さらこんなことをしたらあきれられて、フラレるかも……なんて思っていたから安心した」

いつも余裕たっぷりな彼の言葉とは思えなくて、私は目を見開いた。エレベーターの中で一瞬様子がおかしく見えたのは、彼がプロポーズに対して緊張していたからなのかもしれない。

「……桜、愛してる」

甘くささやかれた言葉とともに、私の左手薬指にエンゲージリングがはめられた。

ゆっくりと立ち上がった彼は私の手をそっと掴むと、自身の腕の中に私の体を引き寄せる。

「これでやっと、堂々と桜を俺のものだって触れ回れるな」

「あ……あの……っ」

突然のことに驚き戸惑っていると、イジワルに笑った彼の唇が耳もとに寄せられた。

「ひゃ……っ」

ふっと甘い息を吐かれて、必然的に体がこわばり、鼓動が跳ねる。

「き、如月さ……っ」

「これまでずっと、俺なりに我慢してたんだ。だから今日は、あまり我慢できそうにないけど、いいかな?」

「あ……っ」

予告なく耳を緩く噛まれて、再び体が小さく跳ねた。そのまま背後の窓へと押しつけられて、今度は噛みつくようなキスをされる。

「ん……っ!」

優しくて、如月さんらしい穏やかなキスではない。何度も角度を変えては性急に重ねられる唇は、はじめてのキスにしては情熱的で、息つく間もなかった。

後頭部に触れるガラスのひんやりとした感触と、正面からぶつけられる熱が対極に思えて、やけに背徳的だ。腰に添えられた手が焦《じ》れったそうに服の裾をなぞって、時折触れる彼の手の感触に身をよじる。

「や……っ、如月さ……」

「……ヤバイな。桜がかわいすぎて、手加減できない」

ゾクリと体の芯が震える。額を私の額につけて、甘くとろける息をこぼした如月さんは、きつく締められていたネクタイを緩めた。

思わずギュッと彼のスーツの胸のあたりを掴むと、熱に浮かされた瞳が私の様子を静かにうかがう。

「き、如月さん、私……っ」

「……それ、もうやめよう」

「え……？」

「名前。この間も言っただろう？　桜には、下の名前で呼んでほしいって」

諭すような口調だけれど、甘く艶のある声だ。

「明日からは桜も〝如月さん〟になるんだし、自分の夫を苗字にさんづけで呼ぶのも変だろう？」

言われて改めて、その通りだと思った。だけどなんとなく、くすぐったくて、今日まで名前を呼べずにいたのだ。

「次に〝如月さん〟なんて言ったら、お仕置きだな」

「ひゃ……っ」

「少なくともベッドの中で、〝如月さん〟なんて呼ばれたら……俺は桜に、どんなイジワルをするか、わからないけど？」

――ベッドの中で。その言葉にわかりやすく心臓は飛び跳ねて、息の仕方を忘れた。

彼のことを名前で呼ぶ。たったそれだけのことなのに、やけに緊張して落ち着かない。

「桜……」

「……みなと、さん？」

それでも精いっぱいの勇気を振り絞り、彼の名前を口にした。すると、一瞬だけ目を見開いた彼の私を抱く手に力がこもったのがわかり、緩やかに緊張がほどけていく。

「〝さん〟も、いらないんだけど。でも今は……それが桜の精いっぱい？」

ふっとやわらかな息をこぼした彼は、穏やかに微笑み、私に尋ねる。

「はい、今は……もう少しだけ、慣れるまで時間をください」

正直に答えると、湊さんは「わかった」と言ってうなずいた。今はこれが私の精いっぱい。だけどいつか、彼の名前を堂々と呼べるようになりたいとも思う。

「みなと、さん……。〝如月湊〟って、宝石みたいに綺麗な名前ですね」

言いながら、そっと彼の頬に手を添えると、なぜだか自然と笑みがこぼれた。

如月湊。彼にはじめて会ったとき、渡された名刺を見て、彼のためにあるような美しい名前だと思ったことを思い出す。

「これから、あなたのことを名前で呼べると思うとうれしいです。私を選んでくれて、本当にありがとうございます……」

自然と唇からあふれた言葉に嘘はない。彼の胸に頬をつけると、優しい鼓動が耳に届いて、心が安心感で満たされた。

「……本当に、桜はズルいな」

「え……?」

「そんなことを言われたら、俺はもう一生、桜を手放せそうにない」

わずかな隙間さえ惜しいとばかりに、体を強く抱き寄せられた。

「まぁ最初から、手放すつもりは微塵もないけど」

「や……っ、ダメ……ッ」

色っぽい息を吐いた彼の手は、いつの間にか私の太ももに伸ばされていた。そのまま性急に、スカートの裾をまくし上げられて、再び体に力が入る。

あらわになった脚に彼の魅惑的な指が這わされて、体の芯が甘く震えた。

「もうそろそろ限界なんだけど、ベッドルームに運んでいいかな?」

「え……」

「今すぐ、桜を抱きたい。そろそろ俺の理性も、限界みたいだし」

「あ、あの……ひゃっ⁉」

尋ねておきながら返事を待たずに、軽々と私の体を抱え上げた彼は、リビングルームの奥に備えつけられたベッドルームに足を運んだ。

高級感あふれる壁紙と、広い部屋の真ん中に、キングサイズのベッドがひとつ。ベッドルームにも大きな窓がついていて、外にはきらめく夜景が輝いていた。

――ギシリ、と静かにうなったベッド。優しく私を下ろした湊さんは、私の体を組み敷いた。真っすぐに見下ろす瞳に射抜かれて、反射的に首もとのサクラのチャームに手が伸びる。

「……愛してる」

もう、何度目かの愛の言葉に、再び胸の奥が甘く震えた。けれど、キスをしようと下りてきた彼の唇を――私は慌てて両手で、受け止めた。

「ま、待って……！」

突然のことに驚き目を見開いた湊さんは、固まってしまった。私は慌てて彼の口もとから手を離すと、視線を左右に動かした後で意を決して口を開く。

「焦らしているのか？」

「ち、違います……！　あ、あの……私……。すごく、疑問に思うことがあって」

「疑問？」

「は、はい……。だから、こうなる前に、それをどうしても如月さ……み、湊さんに、聞きたくて……」

私の言葉に、彼が怪訝そうに眉根を寄せた。このタイミングで、こんなことを尋ねるのは空気の読めないことだとも承知している。

だけど今、どうしてもこのタイミングで尋ねずにはいられなかった。彼の答えを聞かずにこの先に進んでしまったら、後悔するような気がしたのだ。

「み、湊さんは……どうして私に、優しくしてくれるんですか？」

「え？」

「い、今も、プロポーズまでしてくれて……。私には不つり合いな、こんなに素敵な指輪まで用意してくれました。愛してるって言葉も、本当は私がもらえるようなものじゃないのに、どうしてなんですか？」

彼を見上げて尋ねると、なぜだか彼は黙ったままで眉間のシワを深くした。その表情を見て一瞬ひるみそうになったけれど、私はネックレスのサクラのチャームに手を添えて、再度静かに口を開く。

「私たちの結婚は、お互いの利害が一致したから成り立ったものですよね？　それなのに、こんなふうにされたら、湊さんが本当に私を愛してくれているんじゃないか、なんて思ってしまいます。そんなことは絶対にあるはずがないと頭ではわかっていても、つい勘違いしてしまいそうになるんです」

そこまで言って、私は彼から目を逸らした。自分で尋ねておきながら、彼の答えを聞くのが怖かった。

私は湊さんが打算で結婚したいと言っていると思っていた。けれど彼は、私のことを愛していると言う。

彼から真摯でひた向きな瞳と言葉を向けられるたびに、心は不安定な吊り橋のようにグラグラと揺れていた。いつだって、湊さんの眼差しと言葉に嘘はなさそうだと思えたからだ。

でも、だとしたら本当に、彼は私のことを愛しているの？

ううん、そんなはずはない。初対面から私を好きでいるなんて、それこそあり得ない話だ。そもそもなぜ私を好きになるのか、そのキッカケと理由がなさすぎる。

いくら私が作ったアクセサリーに惚れ込んだからといって、結婚したいと思えるほどに私自身を愛してくれるはずがない。

「湊さんは、どうして私と結婚しようと思ったんですか？」

ゆっくりと顔を上げた私は、精いっぱいの勇気を振り絞って尋ねた。

いったい彼の真実はどこにあるのだろう？　本当の目的はほかにあるのだろうか。

私は彼の本心を知りたい。先ほど、『もうずっと前から、君のことが欲しかった』と言っていたけれど……。仮にそれが本当だとしたら、『ずっと前』とは、いったい、いつのことを言っているの？

「……そんなに、知りたい？」

「え……？」

「まさか……桜がそんなふうに思っていたとは思わなかったから、驚いた」

そのとき、不意に口を開いた湊さんは一瞬だけまつ毛を伏せると、なにかをこらえるような短い息を吐いた。

「いや……うん。それはそうだよな。勘違いされても仕方がない。俺が最初に、しっかりと伝えるべきだった」

そこまで言って、彼は名残惜しそうに体を起こしてベッドの縁に腰掛ける。追いかけるように体を起こした私も乱れた服と髪を整えて、彼の隣に腰掛けた。

「俺がはじめて桜を知ったのは――もう、五年も前のことだ」

「……五年前？」

隣に座った私を見て愛おしそうに髪をなでた湊さんは、ぽつりぽつりと話し始めた。

かくいう私は思いも寄らない告白に、驚きを隠せなかった。

だって——五年前って。そのときの私はまだ専門学校に通う学生で、ネットショップのコスモスすら始めていない。

「俺は父にルーナを任せると言われたばかりで、いろいろと……これからの方向性を探って迷っているときでもあった」

長い足の間で指を交差させ、どこか遠くを見る彼は当時のことを思い出しているのだろう。

「ルーナは親会社であるウィズウエディングに付随した、ウエディングジュエリー専門店というイメージが世間に浸透していた。そこからどうやって、新しいブランドイメージをつくり上げていくのか……。決して、容易なことではない。だけど絶対に成し遂げないと、ルーナに未来はないことも、俺はわかっていた」

ひとえにジュエリーブランドといっても、海外のものから日本のものまで様々だ。

SNSが発展した今では海外セレブが愛用しているブランドや、芸能人が身につけているブランドまで、ファッションに関して多様な情報を得ることができる。

その中で、ウエディングジュエリーのみを売りにしたルーナは古くさいイメージが定着し、若い世代には受け入れがたいブランドのひとつになっていた。

「そんなとき、父親の昔からの知り合いで、専門学校の講師をしている人から、気分転換にうちの学校の卒業制作展を見にこないかと誘われたんだ」

「え……」

「時代を知るには、若い感覚に飛び込むことも必要だ……と。俺は半信半疑で、誘われた卒業制作展に足を運んだ。だけどそこで、俺の根底を覆すようなセンセーショナルな作品と出会えたんだ」

早鐘を打つように高鳴る心臓は、なにかを予見させている。私は膝の上でギュッとこぶしを強く握ると、彼の言葉の続きを待った。

「それは、〝人の感情〟をアクセサリーとして表現した作品だった。喜怒哀楽、何十種類の感情を、一つひとつ丁寧に興して、魅力的に展示してあった」

――KOKORO《ココロ》。思い出すのは私が卒業制作として取り組んだ作品だ。人の感情を、アクセサリーで表現した。

たった今、彼が言った通り……〝感情〟というテーマで私が作ったもので、デザイナーになるという夢をひた向きに追いかけていた私の、最後の作品でもある。

「衝撃だったよ。喜びひとつとっても、笑顔やうれし泣き、感動であったり、跳ねる鼓動が表現されていたり……。あんなにワクワクして夢中になってアクセサリーを見たのは、はじめてだった」

私の卒業制作だった『ココロ』は、あの年の最優秀賞を受賞した。そのとき審査をした先生方も、『とても胸が踊る作品だった』と言ってくれたけれど……。

「その作品を見たときに、気がついたんだ。お客様の感情に寄り添うことが、これからのルーナには必要なんじゃないか……って」

月のようにそっと、あなたの心に寄り添うジュエリー。それは、湊さんが生まれ変わらせたルーナが掲げるブランドコンセプトでもある。

作り手がただ売りたいものではなく、お客様のニーズに合わせたジュエリーの提案。そうして幅広い層の心をとらえたルーナは、今や国内外でも一目を置かれたジュエリーブランドに成長した。

「あのとき、あまりに感動した俺は、〝ココロ〟の作者である子を新しいルーナのデザイナーとして迎えたいと講師に願い出た」

「え……」

「だけど、叶わなかった。『この作品の作者である子は、デザイナーにはなりません。今日も家庭の事情で、ここには来ていないので』と、とても残念そうに言われたんだ」

彼の言葉を聞いて思い出すのは、あの日のことだ。学生時代の集大成である卒業制作展当日は祖母の手術日と重なって、私は会場に顔を出すことができなかった。

「なんとか話だけでも取り次いでほしいと申し入れたけれど、叶わなかった。だから俺はそのときからずっと、あの作品の作者を探していたんだ。あれを作った子は、いったいどんな子なんだろう。あれほどの才能がありながら、どうしてデザイナーにはならなかったのだろうと……いつも頭の片隅から離れなかった」

そっと、私に目を向けた湊さんは、まぶしそうに目を細めた。同時に私の目からは涙の滴がこぼれ落ちて、頬を濡らす。

「コスモスの噂を聞いて、作品を手に取ってみて、すぐに気がついた。温かくて優しくて……人の心を惹きつけるアクセサリーは、あのときに見たものと変わらなかった」

「わ、私……」

「これで、やっとあの子に会えるんだと思ったら、もう、自分を抑えることはできなかった。勝手なことをしたと思ってる。でも今は、こうして君を抱きしめられることを、心から幸せに思う」

優しく涙をぬぐう指先に、再び涙があふれてしまった。

「うれしそうにルーナのジュエリーについて語ってくれる桜を前にしたら、愛しさがあふれ出した。あのとき俺を救ってくれたのはほかでもない桜、君なんだ。だから家族のために夢をあきらめた君を……今度は俺が、救いたいと思った」

ぽたり、ぽたりと涙の雨が頬を濡らす。次から次へとあふれ出す涙を、私は止められそうもない。

まさか彼が、そんなにも前から私を探してくれていたなんて思いもしなかった。慌てて両手で顔を覆えば、そっと彼の腕の中へと引き寄せられる。

「今のルーナがあるのは、桜のおかげだ。桜がいたから――桜のご両親がいたから、今の俺がいる」

力強い声色でそう言った彼の言葉と優しく髪をなでる手は、ほんの少し震えていた。

私は、はじめて知らされた事実に胸を打たれて、思うように言葉が出てこなかった。

「桜……ごめん」

「え……」

「いや……迎えにくるのが遅くなって、本当にごめん」

「そんな……」

けれど、続けてそう言った彼は、なぜか切なそうに眉尻を下げた。不思議に思って首をかしげると、再び強く彼の胸へと引き寄せられる。

「湊、さん……？」

「ずっと、探してた。ほかの誰かに先に見つかっていなくて、本当によかった」

「え……？」

「こんなにかわいくていい子だったら、いつ、誰にさらわれていてもおかしくなかった。でも、これからは俺が堂々と守ることができるし、支えられる。ほかの男が近寄ってくる心配もないし……というより、近寄ってきても問答無用で追い払えると思ったら、最高にいい気分だ」

イタズラっぽく笑った彼は、おもしろそうに私の顔を覗き込んだ。

反対に私の顔は火を吹いたように熱くなり、心臓は彼にも聞こえてしまいそうなほど、バクバクと鳴ってしまう。

「それで、今ので、桜の質問の答えになった？」

「は……はいっ。でも、あの……っ」

「もう、いいところでお預けするのは勘弁してほしい。今言った通り、俺はもうずっと前から桜が欲しくてたまらなかったんだから」

「ひゃ……っ！」

グッと、再び私の体を押し倒した湊さんは妖艶に笑った。そうして私の首筋に歯を立て、責める。

「あ……っ」

甘い痛みがチクリと走って、体の芯が熱く震えた。

「み、湊さんっ、待って……っ。私――」

慌てて彼の厚い胸板に手を添え、止めると、宝石のように綺麗な瞳が私のことを映して光った。

「どうした？」

――彼はまだ、気がついていないのかもしれないけれど。これまでずっと、恋愛とは無縁の道を歩いてきた私は、こういったことの経験がないのだ。

「桜？」

だけどそれを今、この場で口にしていいのかわからなかった。二十六歳にもなって経験がないなんて、面倒くさいと思われるかもしれない。

「あ、あの、私……」

胸の前で震える手を握りしめた私は、湊さんから目を逸らした。

彼を、困らせたくはない。だけど今、彼にすべてを捧げるには持ち合わせた勇気が足りなくて、どうすることが正解なのか、わからなかった。

「わ、私、まだ……」

「……ごめん。少し、急ぎすぎたな」

「え……」

と、ぽつりと声をこぼした彼は、シーツに広がる私の髪を指ですくった。

「桜は今の今まで、俺が打算で結婚を申し込んだと思っていたんだもんな。それはつまり、桜もそういう気持ちだったたってことだろう？　俺が桜に対して抱いているような、特別な感情を抱いてくれているわけじゃない」

そっと微笑む彼の笑顔は寂しそうで、胸の奥がズキリと痛んだ。

「それなのに桜の気持ちを無視して、こういうことをするのは間違ってた。桜が俺を好きになって、はじめてしなきゃ……意味がないよな」

そっと、私の髪に口づけた湊さんは切なげにまつ毛を伏せると、涙の乾いた頬を優しくなでた。私はそんな彼を前に慌ててその手を掴んで、必死に弁解の言葉を紡いだ。

「ち、違うんです！　湊さんとするのが嫌なわけじゃないの……！　ただ、まだ少し怖くて……。私、こういうことをするのは湊さんがはじめてだから、その……」

「え……」

結局、すべてを打ち明けるしかなかった。すると湊さんは一瞬だけ驚いたように目を見開いて、押し黙った。

「ご、ごめんなさい。だから、私……その……」

やっぱり、経験のない女は面倒くさいと思われただろうか。彼とつり合う大人の女性とはほど遠い自分が、どうしようもなく恥ずかしくてたまらない。

「もしかして……キスも、はじめてだった？」

「え……？　あ、はい……。さっきのが、はじめてでした、すみません……」

それでも彼に、嘘はつきたくなかった。真っ赤な顔を隠す余裕もなく答えると、なぜか湊さんは驚いたように目を見開いて私を見る。

「嘘……だろ」

「え……？」

「ファーストキスだって知ってたら、もっと大切にしたのに」

けれど、私の心配をよそに悔しそうに息を吐いた湊さんは、頭を軽く左右に振った。

「俺、自分の気持ちばっかりで……。ごめん。時間を戻せるなら、戻したいくらいだ」

「あ、あの……」

そうして再び息を吐いた湊さんは顔を上げると、真っすぐに私を見据えた。

見つめ合っているだけなのに、胸が締めつけられて苦しい。そんな私の思いを見透かしたかのように、湊さんは私の手を引き寄せると、その手に静かに口づけた。

「今の話を聞いたら……余計に桜が愛しくて、たまらなくなった。桜は、どれだけ俺を夢中にさせれば気が済むんだ」

まぶしそうにそっと目を細め、うれしそうに顔を綻ばせた彼を前に胸がトクリと甘く鳴る。

「桜の最初で最後の男になれるなんて、俺は世界一の幸せ者だな」

経験のない女は面倒くさいだなんて……むしろ湊さんは、私に経験がないことを喜んでくれている。

それを知った私の胸には言いようのない愛しさがあふれ出し、再び涙が目の端からこぼれた。

……私、この人に出会えてよかった。こんなに素敵な彼に見つけてもらって愛してもらえた自分こそ、世界一の幸せ者だ。

「俺は、桜がいいって思えるようになるまで待つから安心して。……とはいえ、ときには自制できなくて、桜をいじめることもあるかもしれないけど、そのときは大目に見てほしい」

「ん……」

言いながら、唇に優しいキスを落とした彼は、私を見て愛おしげに目を細める。

「俺は桜を愛してる。桜はそれだけを心にとめて、俺のそばにいてくれたらいい」

ゆらゆらと、暖色のライトが彼の輪郭を淡くなぞった。窓の外に広がる夜景と左手薬指に輝くエンゲージリング。その日の夜、私たちは広いベッドの上で抱き合って、お互いのこれまでのことを話した。

『おやすみ、桜。……ごめんな』

気がつくとまぶたは重くなり、まどろみの世界を意識がゆっくりと漂って……穏やかな世界の片隅で、彼の優しい声が聞こえた気がした。

温かい、腕の中。翌日、無事に婚姻届を提出した私と彼は晴れて、正式な夫婦になった。

「ただいま」

「いよいよ明日から、新しい職場でお仕事が始まるのね」

日曜日の夕方。私はいつも通り病室で、祖母と談笑していた。

「うん……。いまだに夢を見ているみたいで、あんまり実感はないんだけどね」

無事に湊さんと入籍を済ませてから二日が経ち、明日から私は憧れのルーナで働くことになっていた。

言葉の通り、まだどこか夢でも見ているみたいだ。思わず苦笑いをこぼしてうつむくと、祖母の温かい手が私の手を包み込み、落ちていた視線が自然と上を向いた。

「大丈夫。桜ちゃんなら、きっとやれるわ。ずっと、デザイナーになるのが夢だったでしょう？　だから自分を信じなさい。私はいつでも、あなたのことを応援してる」

やわらかな笑みを浮かべた祖母は、私の手の甲を優しくなでた。子供の頃に何度もしてくれた、私の心を落ち着かせる、祖母だけが使える魔法だ。

「おばあちゃん、ありがとう……」

ぽつりとこぼしてうなずくと、祖母は満足そうに笑ってくれる。それだけで不思議と勇気が出て、私は何度だって前を向くことができるのだ。

「ふふっ、やっと笑ってくれた。やっぱり、桜ちゃんには笑顔が一番似合ってる」

祖母の優しさと強さに、私はこれまで幾度となく救われてきた。泣きたくなったり落ち込むことがあっても、祖母の顔を見ると自然と、『明日もがんばろう』と思えるのだ。

「おばあちゃん、私……」

「これからなにか困ったことがあったら、ひとりで抱え込まずに湊くんを頼りなさい。彼ならきっと、迷っているあなたを明るい場所まで導いてくれるはずだから」

「え……」

だけど、突然飛び出した湊さんの名前に、思わず目を見開いて固まった。

祖母は相変わらずニコニコと笑みを浮かべているけれど、私は首をかしげずにはいられない。

「どうして急に、湊さんなの……？」

尋ねた私に、祖母は意味深に目を細めてから口を開く。

「湊くんならきっと、これからのあなたを支えてくれると思うから。とても素敵な人ね。ふたりはとても、お似合いだと思う」

祖母がどうしてそんなことを言いだしたのかわからなくて、私は返事に詰まってしまった。

たしかに、湊さんは素敵な人だけど……。私とお似合いかと聞かれたら、百人中百人が、首を横に振るんじゃないかな。

「実は……あなたが湊くんと結婚の挨拶に来てくれた翌日ね。もう一度、湊くんはひとりで私のところに来てくれたの」

「え……」

けれど、そんな私の心情を見透かしたように、祖母は静かに言葉を続けた。

思いも寄らない話に驚くと、祖母はそのときのことを思い出したのか、やわらかに目を細めて手もとへと視線を落とした。

「昨日は突然出向いて、驚かせてしまってすみませんでした。お祖母様が僕に対して思うところがあれば、なんでもおっしゃってください……って、丁寧に頭を下げるの」

祖母が、まさか嘘をつくわけがない。だけど私は、そんな話は彼から聞かされていなかった。

どうして私に内緒で、おばあちゃんに会いにきたの……？

考えれば考えるほど胸が波打つように高鳴って、唇は乾いて落ち着かない。

「湊くんはね、自分がどうして桜を好きになったのか……桜との出会いや、自分の仕事の話――それと、あなたに結婚を申し出た経緯もすべて、包み隠さず話してくれたのよ」

ドキリと鼓動が跳ねたのは、湊さんとの結婚を決めたときの自分を思い出したからだ。

あのとき私は打算で、彼の申し出にうなずいた。だけど祖母にはまだ私の口から、それについて詳しく説明をしていなかった。

なんとなく、どう説明すればいいのか整理をつけられずにいたというのが本音なのだけれど……。本当のことを包み隠さず話していいのか、結論を出せずにいたということが一番の理由だ。

「話を聞いて、桜ちゃんはもしかしたら、私のために湊くんとの結婚を決めたのかもしれないと思って……とても不安で、ふたりに申し訳なくも思ったわ」

「……っ、それは違うよ！」

つい声を張り上げると、祖母は驚いたように目を見開いて私を見た。

ここが病室であることを思い出し、慌てて口を噤んで眉尻を下げたけれど、どうしても叫ばずにはいられなかったんだ。

だって、おばあちゃんは……間違っている。

興奮を落ち着かせるように、今日も首もとで光るサクラのチャームに触れると長く深い息を吐き、今度は真っすぐに祖母を見つめた。

「たしかに、最初は私も打算で、彼との結婚を決意した。でも今は……あのときの選択は、間違ってなかったと思ってる」

湊さんと入籍し、昨日は一日中彼とふたりで、ゆったりとした時間を過ごした。

移り住んだばかりの高層マンションはまだ落ち着かないけれど、それにも少しずつ慣れていけばいいと、彼は言ってくれたのだ。

祖母がいつ帰ってきてもいいようにと、介護用のベッドも新調してくれた。マンションだってバリアフリー仕様だし、これまで祖母と住んでいた築四十五年の小さな借家に比べたら、格段に使い勝手もよくなった。

なにより私だけではなく、祖母のこともしっかりと考えてくれている彼の優しさに、私は胸を打たれたのだ。

本当に……私にはもったいないくらい素敵な人だ。そんな彼が私を愛してくれていて、仕事でも必要としてくれているのかと思ったら、こんなにうれしいことはない。

「湊さんは、こんなちっぽけな私を大切に思ってくれていて……今は、そんな彼のことを、私も大切にしたいと思ってる」

彼と同じ時間《とき》を過ごして、彼を知れば知るほど自分の心が変化していくのがわかるんだ。

湊さんのことを、もっとよく知りたい。湊さんに触れれば触れるほど……今よりもっと、彼の心に近づきたいと思った。

「今はまだついていくのが精いっぱいだけど、彼が私を思ってくれるように、私も彼を愛したいと思ってる。だから、おばあちゃんが不安に感じたり、申し訳ないとか思う必要なんて、いっさいないの。本当だよ。私はこんな、嘘をつかない」

祖母を見て言いきると、私の言葉に応えるように重ねられた手に力が込められた。

「私、湊さんと結婚できてよかった。今、彼と一緒にいて幸せだよ！」

「そう……よかった……」

やわらかに微笑んだ祖母の目に涙が浮かんでいるから、思わずつられて泣きそうになった。

湊さんとふたりで祖母に結婚の挨拶に来て以降、祖母はほとんど湊さんのことを私に聞いてこなかった。

祖母は祖母なりに、いろいろと考えていたのかもしれない。当然と言えば、当然だ。

たったひとりの孫娘が出会ったばかりの人と結婚すると聞いたら、心配にもなるだろう。

だけど今伝えた通り、おばあちゃんが思い悩む必要なんてない。安心して体を治して、それでまた退院したら、三人でも広すぎるあの家に帰るんだ。

「……湊くんもね、桜ちゃんと同じことを言っていたわ」

「え……」

「僕に対して申し訳ないと思っていただく必要はありません。桜さんと結婚できる僕は、世界で一番幸せな男です。だから、なにかあればいつでも僕を呼んでください。お祖母様も、僕の大切な家族ですから……って、彼、本当に幸せそうな笑顔を浮かべて私に言ったの」

とうとう、こらえきれなかった涙が頬を伝ってこぼれ落ちた。本当に、私はどれだけ素敵な人と結婚したのだろう。

一生分の運も、使い果たしてしまったかもしれない。だけど今……祖母の言葉を聞いて、これからも彼のそばにいられるのなら、この先、私には特別な幸運が訪れなくてもいいとすら思えるのだ。

「湊くんと話して、彼の目を見て言葉を聞いて……この人にならら、あなたを任せられると思ったわ」

「おばあちゃん……」

「改めて、結婚おめでとう。あの小さかった桜ちゃんが素敵な人に嫁いでくれて、こんなにうれしいことはほかにない。おばあちゃん、もう思い残すこともなくなったみたい。だから安心して、彼と幸せになりなさい」

あまりに晴れやかな笑顔で祖母が言うから、私は泣きながら笑ってしまった。

彼となら……私たちならきっと、大丈夫。

再び首もとで光るサクラのチャームに手を添えれば、自然と顔が綻んだ。

彼の待つ家に、帰ろう。

面会時間が終わり、私はいつも通り荷物をまとめて立ち上がると、「また明日ね」と約束してから病室を後にした。

「おかえりなさい」

その日の夜、湊さんは二十三時過ぎに帰宅した。玄関扉が開く音を聞いてすぐにポーチにやって来た私を見て、湊さんが驚いたように目を見開いた。

「……ただいま」

品のよいチャコールグレーのスリーピースのジャケットを腕にかけ、ネクタイをすでに緩めた彼の表情にはほんの少しの疲れが滲《にじ》んでいた。

日曜だというのに商談のために出ていただけあって、今日はいつもより、心なしか元気もないように見える。会社が休みだった昨日も何度か仕事の電話がかかってきていたし、日頃の疲れもたまっているのかもしれない。

「明日はルーナ初出勤だし、先に寝ていてくれてよかったのに」

「ううん。私が待ちたくて待ってたの。お仕事、お疲れさまでした。お風呂にお湯、ためようか？」

スーツのジャケットを受け取りながら尋ねれば、彼がピタリと動きを止めた。思わず首をかしげて湊さんを見上げると、ゆっくりと伸びてきた手がそのまま後頭部に回される。

「み、湊さん？」

そのままグッと引き寄せられて、不意打ちで逞しい腕に抱きとめられた。品のよいムスクの香りが鼻先をかすめて、心臓がトクリと音を立てる。

「あ、あの……」

「なんか、いいな、今の」

「え？」

「〝おかえり〟と、〝ただいま〟って挨拶。なんか、新婚って感じがする。これからは桜に早く会いたくて、毎日必死に仕事を片づけて帰ってくる自分が想像できて、少し笑えた」

「って言っても、これからは会社でも一緒だけどな」なんて、イタズラっぽく笑った湊さんは、お風呂上がりでしっとりと濡れた私の髪に指を通した。

思いも寄らない言葉と行動に体が熱くなり、私は無自覚で彼のベストを掴んでしまう。

「もしかして、誘ってる？」

「え……？」

「風呂、俺と一緒に入り直そうか？」

「な……っ」

心臓が、今すぐにでも爆発しそうだ。耳まで熱くなったのがわかって、私は返す言葉を失った。

「ははっ、冗談。それはまた、今後の楽しみのひとつとして、取っておく」

私を見て色気たっぷりに笑った彼の唇が、からかうように私の唇に優しく触れた。

突然のことに目を閉じることすらできなかった私は、やっぱり顔を赤くして固まることしかできない。

「桜は、唇まで桜色だな」

湊さんは、私にはまるで手に負えない人だ。こんなの、いつまで耐えられるんだろう。毎日これじゃあ、ドキドキしすぎて心臓がどうにかなってしまいそうだ。

「さぁ、いつまでもここにいたら冷えるから、中に入ろう」

ごく自然な仕草で私の腰に手を添えた彼は廊下を歩いて、リビングに続く扉を開けた。だけど私の心臓は高鳴ったまま少しもおさまってはくれなくて、彼の顔を見ることすらままならない。

「あ、あの、私……」

「そうやって、いちいちかわいい反応をされると、もっとイジメてやりたくなる」

「え……っ⁉」

「おいで。ひとまずじっくり、抱きしめさせて。満足したらバスルームに向かうから」

そう言って、私の手からジャケットを奪った湊さんは、それをひとりがけのソファの背に放り投げた。

二十五畳ほどのリビングにはひとりがけのソファがふたつと、三人掛けのソファがひとつ。

湊さんは三人掛けのソファに腰掛け、長い息を吐いてから、再度「おいで」と私のことを手招いた。今、彼のもとへ歩を進めたら、心臓はドキドキしすぎて本当に爆発してしまうかもしれない。

でも……そう思うのに、彼に真っすぐに見つめられると、抗うことはできなかった。

「ほら、おいで」

「し……失礼します」

結局、緊張が限界に達した私は変な挨拶をしてから遠慮がちに彼の隣に腰を下ろそうとした。

だけど、彼の目の前まで来た直後──。

「ひゃ……っ⁉」

グッと腕を掴まれて、彼の太ももを跨ぐように向かい合わせに座らされ、再び彼につかまった。

「み、湊さん……⁉」

予想外のことに体は沸騰したみたいに熱くなって、慌てて必死に抵抗を試みる。

「桜が座るのは、ここだよ」

「で、でも、こんな……っ。私、重いし、なにより湊さんは疲れてるのに……」

それに、こんな体勢は恥ずかしいです……。

言葉にできなかった恥じらいも見透かしているような湊さんは、私の腰に手を回すと色っぽく目を細めた。

「疲れてるから、こうしたいんだろ。ほら、そういう顔するから……また、イジメたくなる」

「ん……っ！」

そのまま今度は、噛みつくようなキスをされた。先ほどとは違う、長くて強引な大人のキスだ。角度を変えるたびに口端からは甘くとろける息が漏れて、あっという間になにも考えられなくなってしまう。

「ん……は、ぁ……」

「……は、……かわいいな」

どれくらい、唇を重ねていたかはわからない。キスを終えた後は息が上がって、いつの間にか彼の首裏に私は腕を回していた。

至近距離で目が合って、心臓の音も彼に聞こえているのではないかと思う。

湊さんは、キスが好きだ。この数日、私の隙をついては唇に限らず、額、頬、首筋に……甘くとろけるキスをする。

だけど、そんな彼のキスを少しも嫌だと思っていない自分がいて戸惑いを隠せない。むしろ、彼に求められるのがうれしい……なんて。そう思うのは私がすっかり、彼の熱にあてられているからなのかもしれない。

それがなんだか恥ずかしくて、私はいつもキスの後には、彼の顔を見られなくなってしまうんだ。

「……秋乃《あきの》さんの様子は、どうだった？」

「え……」

「今日も会ってきたんだろう？　新しい病院で、なにか困ったことはなさそうか？」

視線を落とした私の髪を、不意に綺麗な指が優しく梳いた。

唐突に祖母の話題を出した彼を前に、私は顔を上げ、答えに詰まってしまった。

思い出すのは今日、祖母から聞かされた話だ。湊さんが私に内緒で祖母に会いにいき……祖母と、いろいろと話し込んでいたということ。

そして話したことで祖母は安心して、私に、湊さんと幸せになりなさいと言ったのだ。

「桜？」

「……今日は、すごく顔色もよかったです。先生も、病状は安定していると言っていました。病院も、自分にはもったいないくらいよくしてもらっていて、湊くんには感謝ばかりだ……って」

「そうか……。よかった」

「はい。それで湊さんにも、どうぞよろしく伝えてほしいと言っていました。本当にいろいろと、いつもありがとうございます」

そっと微笑むと、彼はやわらかに目を細めて笑った。

本当は……湊さんの顔を見るまでは、今日、祖母に聞いたことを彼に尋ねたいと思っていた。

ひとりで、おばあちゃんに会いにいったんでしょう？　別に教えてくれてもよかったのに、どうしてあえて私に内緒にしているの？

「……どうした？」

ジッと自分を見つめる私を不思議に思ったのだろう。首をかしげた湊さんは瞳の奥を覗き込むように、私の様子をうかがった。

「ううん、なんでもないです」

それに私は緩く首を横に振って、笑ってみせる。彼は怪訝そうに眉根を寄せたけれど、続く言葉を催促することはしなかった。

湊さんが私に話さなかったことなら、私からあえて彼に尋ねる必要はない。少なくとも彼が私と祖母を思って動いてくれたのだということだけはわかっているし、それだけでもう十分だ。

「ふふ……っ」

「どうした？」

「ううん、本当になんでもないの」

改めてそう思ったら、自然と笑みがこぼれていた。今、彼の顔を見たら不思議と安心して、ひとりで考えていたことは全部、どうでもよいことだと思えたのだ。

「……挙式は、秋乃さんの体調が万全に整ってからにしよう。焦る必要はないし、俺の両親もわかってくれているから、桜はなにも心配しなくていい」

穏やかな声色でそう言った彼を前に、心には淡く優しい明かりが灯った。彼は私が、結婚式の心配をしているのだと勘違いしたのかもしれない。

ああ、やっぱり彼は、どこまでも優しい人だ。私が彼を信じることは間違っていないのだと確信して、思わず鼻の奥がツンと痛んだ。

「いつも本当に、ありがとうございます」

精いっぱい涙をこらえて言えば、彼はやわらかに目を細めて私を見る。

「別に、お礼を言われるようなことはなにもしてないよ。ああ、それと……明日からの話なんだけど」

「え？」

唐突に話題が変わって、つい首をかしげてしまった。

「桜には予定通り、企画課に所属してもらう。秘書の近衛に明日の朝案内させるから、とりあえずそれだけは頭に入れておいてほしい」

力強く告げられた言葉に、今度は心臓が早鐘を打つように高鳴りだした。

──そうだ。私は、いよいよ明日からルーナの社員になるのだ。憧れのルーナのジュエリーが生み出される瞬間に、これから私は立ち会える。

そう思うと武者震いして、身の引きしまる思いになった。

「企画課は少数部隊ではあるけれど、光る個性を持った優秀な人間たちが集まっている。桜は彼らから、とても多くのことを学べるとも思う」

「……ありがとうございます。私、がんばります。これからのルーナに……少しでも湊さんの役に立てるよう精いっぱい努めるので、なにかあればビシバシご指導、よろしくお願いします！」

変な体勢ではあるけれど、湊さんの膝の上で背筋を伸ばして宣言すると、彼は一瞬、キョトンと目を丸くして私を見た。

そして次の瞬間、フッと顔を綻ばせ、まるで美しい花が開くように、綺麗な笑顔を浮かべて口を開いた。

「その気持ちだけで、俺はこれまで以上に仕事に打ち込めそうだ。こちらこそ、ありがとう」

突然の感謝の言葉と綺麗な笑顔に見とれていたら、腰を引き寄せられて、唇に優しく甘いキスをされた。

「ん……っ」

「あと……苗字のことなんだけどさ」

「苗字？」

「ああ。俺と同じ〝如月〟でいくか、旧姓の〝花宮〟でいくか。桜がやりやすいほうを選んでいいけど、それによって俺もいろいろと会社での振る舞いが変わってくる」

「桜が最善だと思える選択をしてほしい」と、続けた湊さんを前に、今度は私がキョトンと目を丸くする番だった。

会社での苗字を如月にするか、花宮にするか……。すぐに言われたことの意味を理解して、慌てて首を横に振った。

「も、もちろん、旧姓の花宮でお願いします……！」

「どうして？　もしかして、俺の妻だとバレるのが嫌だとか？」

「そ、そんなことあるはずないです！　そりゃあ、湊さんが自分の旦那様だって、私はいまだに信じられないけど……。でも、夢じゃないなら世界中に自慢して回りたいくらい、湊さんは最高にカッコよくて、素敵な人だもの！」

言いきって、真っすぐに彼を見つめると、湊さんは視線を斜め下に落としてから自分の口もとに手を添えた。そしてなぜか深く重たい息を吐き、私をチラリとうかがった。

「湊さん？」

「今のも……結構、キタ」

「え？」

「こんなに愛しくてたまらないのに、桜を抱けないなんて……生殺しにもほどがある」

「ハァ……」と、再び力なく息を吐いた湊さんは、私の肩に額をのせた。ふわりと頬に触れた彼の髪が私の心をくすぐって、必然的に顔が熱を帯びていく。

「それで、どうして旧姓でいくんだ？」

「……っ、それは、周りの皆さんに、気を使われたくないからです」

吐息が首筋に触れて、体に力が入ってしまった。それでも必死に声を振り絞って胸の内を語る。

「会社の皆さんに、私が湊さんの奥さんだって知れたら……私がどう振る舞っても、皆さんとは対等でいられなくなってしまいます」

湊さんが結婚したことは、入籍した日にルーナだけでなく、親会社であるウィズウエディング、そのほかの関連会社にいっせいに報告された。

一時は危ういと言われていたルーナを新しく生まれ変わらせたカリスマ社長が、どこの誰と結婚したのか……。知らせを聞いた人たちは、ここぞとばかりに尋ねてきたらしいのだけれど、今のところ私の周囲で変わったことは起きてはいない。

それは私の生活を守るために、時期がくるまでは内密にするようにと身内に厳しく言い含めた湊さんの計らいだったのだけれど、彼がそうしてくれたことは、まだ彼との生活に慣れるのに精いっぱいな私にとっては、とてもありがたいことだった。

『俺が、桜との新婚生活を邪魔されたくなかったからそうしたんだ』

『桜には今まで通り、自然体でいてほしい』

そう言って私の髪をなでてくれた彼の優しさに、私はどれだけ感謝して胸を高鳴らせたか、湊さんは知らないだろう。

「湊さんの結婚に湧くルーナに、今、〝如月〟姓を名乗る私が現れたら、それだけで皆さんは疑いの目で私を見ると思うんです」

〝如月〟という苗字は、それなりに珍しい苗字だと思う。少なくともルーナの社員であれば、〝如月〟と聞くと一番に自分たちのトップに立つ湊さんを想像するだろうし、彼と同じ苗字の新入社員の噂はあっという間に広まってしまうだろう。

それじゃあ湊さんが私のためにと周囲の人たちに口を閉ざすように言ったのに、まるで意味がなくなってしまう。

そしてなによりも、私は……。

「私は、贔屓《ひいき》目で見られるのは嫌です。だから、ルーナでは湊さんの妻の〝如月桜〟ではなく、誰よりも下っ端の〝花宮桜〟として、一からジュエリーと向き合いたいと思っています」

周りの人たちに比べたら、私は経験不足の新入社員だ。だから最初は雑用だってなんだってやって、必死に先輩たちに食らいついていくつもり。

「それに、私は湊さんの妻かと聞かれて、たとえ嘘でも〝いいえ〟と答えるのは嫌です。そんなことをしたら本当に、この素敵な夢から醒めてしまいそうだから……」

言いながら、私は彼のシャツをギュッと掴んだ。この自信のなさは、いつか解消される日が来るのだろうか。

そう、不安に思いながらゆっくりと顔を上げれば、湊さんと至近距離で目が合った。

「私……少しでも湊さんの役に、立ちたいんです」

「それ……殺し文句だってわかってる？」

「え？」

「面と向かってこんなことを言われて、平気でいられるほど俺の理性も頑丈じゃない。本当は今すぐにでも、桜は俺のものだと世界中に触れ回りたいくらいだけど」

「ん……っ」

今日、何度目かもわからない彼の唇が、私の唇に優しく触れた。背中に添えられた手のひらは大きくて、私を強く支えてくれる。

「でも桜なら、最初からそう言うと思ってた」

「え……？」

「桜なら、きっとそう言うだろうって……俺の予想がはずれなくてよかった」

驚き固まる私をまぶしそうに見つめた湊さんは、そっとシャツの胸ポケットへと手を入れた。そうして一枚のカードを取り出すと、それを私の手のひらにのせる。

「これ……」

「明日から使う、桜の社員証だ。〝花宮桜〟で用意しておいた」

見ればそこには彼の言う通り、花宮の名前でつくられたプラスチック製の社員証があった。名前の上にはルーナのロゴマークと明日から働く企画課の名称が入っていて、改めてそれを見たら、じわりと目には涙の膜が張る。

「花宮桜さん。明日から一緒に、お客様の笑顔をもっと輝かせるものを作っていきましょう」

ゆっくりと、手もとに落としていた視線を上げれば穏やかに笑う湊さんの瞳と目が合った。

だけど、たった今の今までの彼とは違う。仕事に対して真っすぐで誠実で……誰よりもルーナとジュエリーを愛する、湊さんの綺麗な瞳だ。

はじめて会ったときも感じた、彼の情熱的で真摯な声と言葉に背筋が伸びる。

「はい。どうぞよろしくお願いします」

うなずいたら、涙がこぼれ落ちた。それを湊さんの指先がぬぐってくれて、唇には優しく甘いキスをされた。

もう一度、夢に向かって歩きだそう。もう一度、抱えた夢に手を伸ばそう。

「もうこんな時間か。このままだと本当に、明日に支障が出るな」

時計を見て、あきれたように言った湊さんは、名残惜しそうに私を膝から降ろすとソファから立ち上がった。

『おやすみなさい』

眠る間際に交わす挨拶すら、愛しく思える夜だった。

明日が来るのをこんなにも楽しみに思うのは、いったいいつぶりだろうとまぶたを閉じて、私は幸せを噛みしめた。

「いただきます」

「出社したら、まずは社長室に来てくれ。そこで改めて、秘書の近衛を紹介する」

月曜日の朝。ふたり揃って家を出た私たちは、マンションのエントランスの前で別れた。

湊さんは地下駐車場へ、私は徒歩五分のところにある最寄り駅へと向かうためだ。

「本当に大丈夫か？　ここから本社までは二駅だけど……朝の通勤ラッシュには、確実にぶつかる時間だ」

心配そうに私を見る湊さんは、ギリギリまで手を離そうとはしなかった。満員電車に乗る私を心配してくれているのだと思うけれど、それは少し過保護すぎる。

「大丈夫です。今までだって電車通勤でしたから、満員電車も慣れっこだし、私、こう見えて結構根性あるんですよ」

湊さんを見上げてイタズラっぽく微笑むと、彼は一瞬、あきれたように小さく笑った。

「桜が電車通勤するなら、俺も一緒に電車で行こうか」

「それじゃあ、意味がないですよ。ふたりでいるところをルーナの社員さんに見られたら困るから、私たちは別々に出勤するのに」

思わずクスクスと笑みをこぼせば、湊さんはとうとうあきらめたように「わかってるよ」と息を吐いた。ルーナでは夫婦であることを秘密にすると決めた以上、私と湊さんが一緒に出勤するわけにはいかない。

彼の運転する車に私が乗り降りするところを社員の誰かに見られたらアウトだし、そうなったら彼がせっかく用意してくれた、〝花宮〟の社員証も無駄になってしまうだろう。

「ルーナに着いたら湊さんが教えてくれた通り、八階にある社長室に向かいます。私、精いっぱいがんばるので、今日からどうぞ、よろしくお願いします」

再び彼を見て微笑むと、湊さんが私の肩を引き寄せた。そして、額にそっと触れるだけのキスをされ、耳もとに唇を寄せられる。

「桜が望む通り、会社では桜のこともほかの社員と同等に扱う。だけど、困ったことがあればいつでも頼ってくれていいから必ず連絡するように」

「でも……」

「大丈夫。なるべく俺たちの関係に勘づかれないように善処する」

今度はイタズラっぽく笑った彼に、ギュッと体を抱きしめられた。逞しい胸に頬を寄せると鼓動が優しく鼓膜を揺らし、私は彼の腕の中で深呼吸をしてまぶたを閉じる。

——がんばろう。私はもう一度、自分の夢に手を伸ばすんだ。私を信じてくれた湊さんの思いにも、精いっぱい応えたい。

「それじゃあ、またあとで」

名残惜しそうに離れた手のぬくもりを抱きしめるように、私はそっと首もとで光るサクラのチャームに手を添えた。そのまま踵を返して歩きだせばやわらかな風が吹いて、静かに背中を押してくれた。


「今日から、こちらでお世話になります、花宮桜と申します！」

オフィスのあるビルに入ってまず首にかけたのは、昨日もらったばかりの社員証だ。エレベーターに乗り社長室に入った私は、正面に座す男性に深々と頭を下げた。

ゆっくりと顔を上げれば先ほど別れたばかりの湊さんの綺麗な瞳に射抜かれる。

一瞬ドキリと鼓動が跳ねたのは、私を見る彼の目が、はじめて会ったときのように凛々しく、隙がなかったからだ。

「花宮桜さん。ルーナへ、ようこそ。改めて、これからの君の活躍を心から期待しています」

今、目の前にいる彼は間違いなく夫となった湊さんなのに、思わずゴクリと喉が鳴った。

さっきまでの、私を甘く包み込む彼じゃない。そこにいるのは〝あの〟ルーナの代表取締役社長である如月湊で、自然と体が緊張し、天井から引っ張られたみたいに背筋が伸びた。

「君が配属される企画課までは、僕の秘書を務める近衛が案内することになっている。なにかわからないことがあれば、遠慮なく彼に聞いてくれ」

言われてハッとした私は改めて、湊さんのそばに控えていた男性に目を向けた。社長室は約十五畳ほどの広さで、黒と茶色を基調に品よくシックにまとめられている。

部屋の真ん中には応接用の黒い革のソファと机、部屋の一番奥には今、湊さんが座る重厚な社長席があった。

「はじめまして。如月社長の秘書を務めております、近衛と申します。先のメールでは、大変お世話になりました」

その、社長席の前に立っていた背の高い男の人は、言いながら、うやうやしく腰を折った。

「いただきます」


近衛さんは、私がルーナとの仕事についてメールでやり取りをしていた相手だ。

「は、はじめまして！　こちらこそ、その節は大変お世話になりました。ご挨拶が遅くなってしまって、申し訳ありません。お会いできて光栄です」

慌てて私も頭を下げた後、近衛さんへと目を向けた。改めて見ると黒の品のよいスーツが似合う、端正な顔立ちをした男の人だ。年は、湊さんと同じくらいだろうか。身長は私よりも頭ひとつ半ほど高いだろう。

綺麗な目鼻立ちと、艶のある黒髪。湊さんと並んでも見劣りしない彼を見たら、再びゴクリと喉が鳴った。だけど私を見つめる瞳は湊さん以上に隙がなくて、肌がゾクリと粟立ってしまう。

なんとなく近寄りがたい雰囲気のある人だけれど、湊さんの秘書を務めているくらいだから、とても優秀なのだろう。

「社長から、奥様のご事情は伺っております。おふたりの婚姻関係についても存じておりますので、なにかあればいつでもおっしゃってください」

「え……」

けれど、続いて告げられた言葉に、つい目を丸くして固まった。

近衛さんは、私と湊さんが結婚していることを知っている……？

咄嗟に湊さんへと視線を移せば、彼はどこかおもしろそうに喉を鳴らして笑ってみせると頬杖をつきながら、改めてこちらを見た。

「近衛は俺の右腕とも呼べる秘書だから。さすがに彼に隠すのは気が引けるし、なにより近衛は優秀すぎて、隠したってすぐにバレる」

言いながら再びおもしろそうに笑った湊さんは、顎の下で長い指を組む。

「だから近衛の言う通り、彼の前では俺との関係を隠そうとしなくていい。桜も社内で誰かひとりくらいは、気を抜いて話せる相手も必要だろう?」

そっと優しく目を細め、やわらかに笑う湊さんを前に胸が甘く高鳴った。つい先ほどまで、ルーナの代表取締役社長という顔をしていたのに、もう、私の知っている彼の顔だ。

イケナイとわかっていても胸が高鳴ってしまうのは、そのふたつの顔を持つ彼に、私がどうしようもなく惹かれているからなのだろう。

「ありがとうございます。誰にもバレてはいけないと思っていたので……ひとりでも事情を知ってくださる方がいると思うと、心強いです」

視線を落として胸に手をあてた私は、心臓を落ち着かせるように、一度だけ深く息を吐く。

「でも、私はここでは湊さんの妻ではなく、一社員としてジュエリーと向き合いたいと思っているので、近衛さんもそのつもりで私と接してくださるとうれしいです」

ゆっくりと顔を上げて近衛さんを見つめると、彼はポーカーフェイスを崩して驚いたように片眉を持ち上げた。

私は静かに笑みを浮かべながら前を向き、姿勢を正してお腹にグッと力を込める。

昨日も湊さんに言った通り、ここでは私はルーナの新入社員にすぎないのだ。湊さんの妻としてではなく、なにも持たない駆け出しの新人として、今、ここに立っている。ルーナでは誰よりも後輩なのだから、湊さんの秘書である近衛さんが私に頭を下げることは間違っていると思うんだ。

「至らないところがあれば、ビシバシご指導ください。根性だけは、あるつもりですから！」

今朝、湊さんにも宣言したことと同じ言葉を口にして、両手でガッツポーズをつくってみせた。

すると近衛さんはそっと目を細め、不意に小さく息を吐いた。

「なるほど。社長が手段を選ばず手に入れようとしたのも、うなずけます」

「え……？」

「打ち合わせを終えて、結婚することになったと言われたときには、さすがに驚きましたが……。そうまでして手に入れたい相手であったと思えば、当然の結果なのかもしれませんね」

言い終えてから相好を崩した近衛さんの言葉に目を見張った。慈愛に満ちた、穏やかな笑顔だった。

反射的にドクリと胸が鳴ったのは、彼の笑顔につい見とれてしまったのと、たった今言われた言葉に驚いたからだ。

「おい、俺の目の前で堂々と俺の妻を口説くなよ」

「失礼しました。思ったことをついそのまま口にしてしまいましたが、奥様のかわいらしい顔が見られたので満足です」

緩やかに口角を上げた近衛さんは、長いまつ毛を伏せて静かに笑う。

その仕草の一つひとつがとても魅惑的で……。なんだか、このふたりと同じ空間に居続けたら、心臓がいくつあっても足りない気がする。

「もういい。とりあえず、桜を企画課まで案内してやってくれ。但し、俺のいないところで必要以上に近づくなよ」

「わかりました」

「……ホントかよ」

訝しげに近衛さんを見る湊さんの視線と口調は、彼との間に仕事仲間以上のなにか、信頼関係があることを匂わせた。

「あと、桜もあまり固くならずに、なにか困ったことがあれば俺か……近衛を頼ってくれたらいいから」

ふたりを見ながら思わず考え込んでいると、小さく息を吐いた湊さんの視線が改めて私へと向けられる。

「ありがとうございます。でも……」

「ここではたしかに俺と桜は社長と一社員という関係かもしれないけど、社長が社員をフォローしたって別に変じゃないだろう？　というか、桜に一番に頼られたいって俺の気持ちも、わかってくれたらうれしい」

優しく細められた彼の目と目が合った瞬間、再び胸がトクリと鳴った。

……やっぱり、湊さんはズルい。そんなふうに言われたら、私はうなずく以外の選択肢をなくしてしまう。

「それでは、花宮さん。企画課まで、案内いたします」

けれど、いつの間にかうしろに立っていた近衛さんの言葉に、私は一気に現実へと引き戻された。振り向けば、ポーカーフェイスに戻った近衛さんが、ドアノブに手をかけて、こちらを見ている。

「これ以上、花宮さんがここにいると、社長が仕事を放棄しそうなので」

「おい、人を無責任な奴みたいに言うな」

冗談交じりに言った近衛さんを見ながら改めて姿勢を正せば、ゆっくりと重厚な扉が開かれた。いよいよここから、新しい世界に踏み出せるのだ。そう思うと今になってひどく緊張し、右手は無意識に首もとのサクラのチャームに伸びていた。

「──桜。自分らしく、堂々とやってこい」

けれど次の瞬間、そんな私の心情を見透かした声が背後から投げられた。力強い言葉に弾かれたように振り向けば、やっぱりそこには優しく微笑む湊さんがいる。

「……ありがとう。いってきます」

彼を見たら、自然と笑みがこぼれた。そうして私は再び背筋を伸ばすと、近衛さんに続いて社長室を後にした。

「彼女が、今日からこちらに配属される花宮桜さんです」

社長室を出てエレベーターに乗り込んだ私は、近衛さんと一緒に七階にあるオフィスへと向かった。真っ白な扉を開けて、しばらく歩いた先で足を止めた近衛さんは、根岸《ねぎし》さんという男の人を呼び止めた。

「今日から、こちらでお世話になります、花宮桜と申します！」

つい先ほど口にした言葉を同じように口にして、前を向く。すると、私と近衛さんの前に立っていた男の人が表情を明るくし、弾んだ声を響かせた。

「おー！　君があの、コスモスの花宮さん⁉」

慌てて「はい！」と返事をすれば、彼は満足そうに私を見て微笑んだ。湊さんが言っていた、私の運営しているネットショップがルーナでも話題になっているという話は、ありがたいことに本当だったらしい。

「想像してた以上に若いなぁ。会えてうれしいよ。俺は企画課チーフの根岸です。これから一応、君の上司になる者です、よろしく」

根岸さんはそう言って、私の前に大きな手を差し出した。その手を掴んで再度「ありがとうございます！　よろしくお願いします！」と叫べば、根岸さんはおもしろそうに笑ってみせる。

「イイネ。元気でよろしい」

年は……湊さんのひとつか、ふたつ、上くらいだろうか。背は私よりも頭ひとつ分ほど高い。

笑うと目尻にできるシワが印象的で、白いシャツにカジュアルなダークブラウンのジャケットを羽織った彼は、短く切り揃えられた黒髪がとてもよく似合う男の人だった。

「それでは私はこれで、持ち場に戻らせていただきます。業務内容などの詳細は、根岸から説明を受けてください」

と、斜めうしろに控えていた近衛さんに声をかけられて、私は慌てて回れ右をする。

「あ……！　はい、ありがとうございました！　みな……如月社長にも、どうぞよろしくお伝えください！」

危ない。早速〝湊さん〟と、口をすべらせそうになった。案内をしてくれた近衛さんへと頭を下げれば、近衛さんは表情ひとつ変えずに踵を返して企画課を後にした。

「近衛さんが、君をスカウトしにいったの？」

「え……？」

「いや、あの人が直々に新人を案内するのは、めずらしいから……。でも、驚いただろ。あの人、いつもあんな感じで笑ったところは見たことないし、綺麗な顔してんのにもったいないよな」

不意にそんなことを言った根岸さんへと改めて向き直れば、彼はイタズラっぽく笑ってみせた。

近衛さんの笑ったところは見たことがない？　ということは、私が先ほど社長室で見た笑顔は、相当貴重なものだったということだろうか。

「あ、あの……」

「俺の前では、そんな、かしこまらなくてもいいよ？」

「え……」

「って言っても、まぁ、初日じゃあ仕方ないか。とりあえず、企画課のメンバーを紹介するからついてきてくれる？」

フッと口角を上げて笑った根岸さんは、顎で向かう方を指してからオフィスの奥へと歩を進めた。改めて室内を見回すと、約三十畳ほどの室内には大きく分けて、ふたつのデスクの島ができていた。

部屋の隅には作業台や打ち合わせスペースがあり、壁沿いに並んだ棚にはビッシリとファイルが並んでいる。そして、三つのパソコンが置かれたデスクの前で足を止めると、根岸さんが再び私に向き直った。

「ここが、企画課のデスク。で、そこが花宮さんのデスクだから、これから好きに使ってよ」

根岸さんが指したデスクを見てみれば、ひとりぶんのスペースがある。決して広いわけではないけれど、スタイリッシュなパソコンが置かれたオシャレなデスクだ。座り心地のよさそうな椅子の背もたれはオレンジ色で、なんだかとてもかわいらしかった。

ここが……今日から私が働く場所なんだ。そう思うと踊るように鼓動が跳ねて、自然と頬が緩んでしまう。

「過去の資料とか、データの場所はまたあとで説明する」

「ありがとうございます！」

「それで、ほかの奴らは今、朝イチでデザイン課と打ち合わせを――って。あ、ちょうど戻ってきたな。おーい、花宮さん来たぞ！」

そのとき、唐突に右手を上げた根岸さんが、私のうしろに声を投げた。つられて振り返れば、扉を開けて男の人がふたりと、女の人がひとり、荷物を抱えて入ってくる。

「えー！　やっと来た……って、かわいいじゃん！　ナイス‼　ナーイスッ‼」

と、男の人のうちのひとりが突然、室内に大きな声を響かせた。

「マジ最高！　潤いだわー。職場にオアシス、人生バンザイ！」

予想外のハイテンションに面食らった私は言葉を失う。けれど固まる私をよそに、その人はニコニコと人懐っこい笑みを浮かべていた。

根岸さんと同じくらいの身長で、甘いマスクをした男の人だ。そして、その隣でかわいらしい女の子が、彼に軽蔑の視線を送っている。

「俺、かわいい子大好き！」

「はぁ～……カブさん、マジ、ウルサイです。っていうか、普通に引きますから、ちょっと離れてくれません？」

長いまつ毛をはためかせながら、女の子が深々と息を吐く。

「カブ、薩摩《さつま》。お前たちはもう少し落ちつきを身につけろ」

「えー、なんで私まで那須《なす》さんに注意されるんスかぁー」

「当然だろ～。サツマっちもかわいいけど、最近、年上を敬う気持ちに欠けるからなぁ。とくに俺とか、俺とか、俺に対して、全面的に」

「マジ、ウッッザ！」

軽口を叩き合いながら、根岸さんと私の前で足を止めた三人は、いっせいに私へと目を向けた。ドクリと肩が跳ねて体がこわばったけれど、すぐに我に返った私は今日何度目かもわからない挨拶と一緒に頭を下げる。

「きょ、今日から、こちらでお世話になります、花宮桜と申します！　どうぞよろしくお願いします！」

言い終えて静かに顔を上げれば、こちらを見る三人とそれぞれに目が合った。

彼らがこれから、一緒に働く同僚に違いない。だとしたら、きちんと挨拶をしておかないといけないだろう。

「あ、あの、私……」

「あー、それじゃあ改めて紹介するな。彼らがこれから花宮さんと一緒に働く企画課のメンバーです」

けれど、緊張のピークに達した私を気遣ってくれたのだろう。根岸さんが一歩前に出て、橋渡し役をしてくれた。

「まず、この一番背が高いのが那須だ。年は俺と同じ三十で、俺がいないときはチームをまとめてくれるサブチーフを務めてる」

「はじめまして、ナスです。よろしく」

根岸さんの紹介を受けたナスさんは、そっと大きな手を差し出した。慌ててその手をギュッと掴めば、ニッコリと穏やかな笑みを返される。

ナスさんは、一九〇センチはありそうな高身長で、ヒョロリとした体型の、髪をうしろで結わえている男の人だった。この中では一番無口そうだけれど、大人で優しそうにも見える。

「で、次が兜《かぶと》。ここではカブって呼ばれてる。年は……ああ、たしか花宮さんと同じ二十六かな。見た目も中身もチャラついてるけど、意外と発想力のある奴なんだ」

「はじめましてー！　花宮だから、ハナちゃんだね！　これから、どうぞよろしく、ハナちゃん！」

　挨拶と一緒にギュッと手を掴まれて、ブンブンと上下に振られた。慌てて「よろしくお願いします！」と返事をすれば、「同い年なんだし敬語とかやめようよ！」と、人懐っこい笑みを返させれる。

　兜さん……カブくんは、男の人だけれど中性的な顔立ちをした、甘いマスクの持ち主だ。ハイテンションについていくのは少し大変そうだけど、自分と同い年の人がいるというのは、なんだかとても心強い。

「それで、最後が薩摩《さつま》。一応この班の最年少で、唯一の女性だ。少々口は悪いけど繊細な思考の持ち主で、今のところルーナきっての若手のホープ」

「はぁ〜……やっと女の人が入ってくれてうれしいですー。もう私ひとりじゃ、このうるさい人たち、手に負えなかったんで、マジ感謝」

脱力しながら腕を組んだサツマさんは、ヤレヤレと首を横に振った。

「あ、あの、よろしくお願いします！」

「あー、私も敬語とか疲れるんでやめてください。ハナちゃん先輩、年上だし、普通にタメで話してください。ちなみに私のことは、サツマでいいんで、そこは適当に」

「あ……は――う、うん！　サツマちゃん、これからよろしくね」

さっそく敬語で答えそうになったところを慌てて直すと、サツマちゃんはかわいらしく微笑んでくれた。私よりも少し背の低い、ボブヘアーの似合うかわいらしい女の子だけれど、ルーナきっての若手のホープということは、かなりの実力派なのだろう。

「そして、今日からうちのチームの一員になった花宮桜だ。花宮、なにか言っておきたいことがあれば今、ここで言っておけ」

根岸さんに肩を叩かれ、私は改めて四人を見回した。相変わらず緊張でバクバクと心臓が高鳴っているけれど、それ以上に喜びが胸いっぱいにあふれている。

自分が本当に、彼らと一緒にここで働けるのか……。心配は尽きないけれど、ここまできて怖気づいている場合じゃない。

「わ、私は……憧れのルーナで働けることを、とても光栄に思っています。皆さんに比べてまだまだ経験不足の若輩者ですが、私にできることはなんでもやるつもりなの

「いただきます」


で、ビシバシご指導ご鞭撻のほど、よろしくお願いします！」

　力いっぱい言いきって頭を下げると、体の奥が強く震えた。私は専門学校を出て、小さなネットショップを開いていたくらいで、いきなり一流ジュエリーブランドの社員としてやっていけるとは思っていない。

　とにかくまずは、自分にできることを精いっぱいやるしかないのだ。経験不足の私にはなにもかもが足りなくて、必死に彼らに食らいついていくしかない。

「……イイネ」

　ぽつりとつぶやいたのは根岸さんで、緩く細められた目がおもしろそうに私を見る。

「ネット上でも、あれだけ人気のあるアクセサリーを売る奴だから、ちょっとは天狗になってるのかと思ったけど……いい意味で期待を裏切られて、かなり痺れた」

「え……」

「これからこの五人で、新しいチームになる。うちの企画課の特徴は、個々の柔軟な発想力と団結力だ。お客様の心を掴む企画を考え、お客様を笑顔にすること。花宮には、まずはそこを理解しつつ、がんばってもらいたい」

　腕を組んだ根岸さんは、顎でデスクの奥を指してみせた。視線の先には、これまでルーナで売り出された企画のジュエリーが、ガラスケースに入れて飾られている。

「誰かの人生を輝かせる手伝いができる。俺たちの仕事は、そういう仕事だ、誇っていい」

凛とした声に背中を叩かれ、背筋が伸びた。お客様の心を掴む企画、お客様を笑顔にすることを考える。

……そして、誰かの人生を輝かせる手伝いをしたい。私はジュエリーデザイナーを夢見ているけれど、志は同じだ。デザイン画を描くより前の段階からジュエリーに携わり、お客様に近い目線で関わっていくこと。それは未来の自分にとっても、大きな経験となるだろう。

「とりあえず目下、新企画の案出しから始めよう。早速だけど、花宮も参加してくれ」

「は、はい……！」

パンパンと手を叩いた根岸さんにつられて、私は打ち合わせスペースへと腰掛けた。いまだに心臓は踊るように高鳴っていて、少しも落ち着いてくれそうにない。

「あまり時間もない案件だ。来週末には社長に企画を提出しなきゃなんないから、みんな改めて気を引きしめるようにー」

根岸さんの口から出た、〝社長〟というワードにドキリとした。――ここでは夫である湊さんも、私の上司のひとりなのだ。

「社長は見た目はジュエリー同様に華やかだけど、仕事に関しては華やかさだけじゃ納得してくれない完璧主義者だぞー」

「それな」

「マジそれっス」

「間違いないなぁ」

「ふふ……っ」

この会話を聞いたら、彼はどんな顔をするだろう。そう思ったらなんだか少しおもしろくなって、思わず顔が綻んだ。

みんなで大きなデスクを囲んで、新しいジュエリーを生み出すため、それぞれにアイデアを出し合っていく。ここは、ようやく立てた、夢の場所だ。

私は首もとで光るサクラのチャームに手を添えると、真っすぐに顔を上げた。

……がんばろう。心の中で唱えれば、なぜだか不思議と頭の中には『がんばれ』と笑う、湊さんの顔が浮かんだ。

「それでね、根岸さんもナスさんもカブくんも、サツマちゃんも本当にすごいの！」

その日、定時で仕事を終えた私は予定通り、祖母が入院する病院に立ち寄った。

湊さんが探してくれた新しい病院は、私たちの新居の最寄り駅から徒歩五分ほどの場所にある。以前の病院は駅から少し離れた場所にあったので、バスを使わなければならなかった。それに比べると今のところはずいぶんと通いやすく、面会時間ギリギリまでいても帰りの心配をする必要がない。

「新しい企画の案も、いい経験になるからいくつか考えてみてって言われて。過去の資料とか、みんなの意見とかも聞いて、本当にすごく勉強になるよ」

初出勤の興奮さめやらぬまま話し続ける私の手に、祖母の温かい手が重なった。

「本当に、よかったわね。桜ちゃんのうれしい話を聞けて、とってもうれしいわ。でも……そろそろ、帰らなきゃ」

「あ……」

言われて改めて時計を見たら、時刻は十九時を過ぎたところだった。

「あなたは新婚さんなんだから。その生活も、なにより湊くんのことも大事にしなきゃダメよ」

祖母の言う通りだ。いくら面会時間ギリギリまでいられるからと言っても、湊さんに迷惑をかけるようなことがあってはいけない。ましてや湊さんは立場上、私よりもよっぽど重圧が大きいのだから、プライベートでも妻としての役目を果たさないとダメだ。

今の今までのんきにしていたけれど、祖母のことも仕事のことも、湊さんのことも……大事にすると決めたばかりだった。

「ごめんね、おばあちゃんの言う通りだった。帰って、ご飯の支度しなきゃ——」

そのとき、慌てて立ち上がろうとした私の鞄の中で、携帯電話が震えた。取り出して確認してみると、湊さんからのメッセージが一件届いている。

【病院まで迎えにいこうか?】とのことだった。湊さんには会社を出る前に、祖母のところへ寄ると連絡を入れておいたから、迎えにこようかと聞いてくれたのだろうけれど……。まさかそんな手間までかけられないので、【ひとりで帰るから気にしないで、ありがとう】と返信した。

「おばあちゃん、それじゃあまた明日ね! あ……そうだ。それと、実は月末の金曜日に、企画課のみんなが私の歓迎会をやろうって言ってくれてるんだけど……」

「もちろん、いってらっしゃい。せっかくのご厚意を、無下にしたらダメよ」

「……うん。ありがとう、おばあちゃん。歓迎会の次の日は休みだし、朝から顔を出すようにするから。おばあちゃんも、無理せずゆっくり休んでね」

言いながら鞄を肩にかけ、病室を出た。急ぎ足で帰路につきながら、必死に頭の中で冷蔵庫の中身を思い浮かべた。

昨日の病院帰りに、食品はいくつか買っておいたのだ。野菜も、玉ねぎ、人参、じゃがいも、小松菜にレタス、キャベツとトマト……。お肉とお魚も、買って冷凍しておいた。

……そうだ、なにを作るかの前に、湊さんに何時に帰ってくるか聞かないと。それによって料理に使える時間も変わってくるし、できるかどうかはわからないけれど、彼の食べたいものを用意したい。

【先ほど病院を出て、帰っているところです。湊さんは何時に帰宅予定ですか？】

ほんの少しだけ立ち止まりメッセージを送ると、再び家路を急いだ。新居であるマンションは、駅の南口から徒歩五分。北口にある病院から家までは、駅構内を通り抜けるとドア・ツー・ドアで約十五分ほどだ。

けれど、その間に湊さんからの返信がくることはなかった。もしかして、今日も遅くなるのだろうか——と考えながらマンションのエントランスまで来た私は、エレベーターに乗り込み、ボタンを押した。

仮にすぐに帰ってくるなら、先にお風呂に入ってもらっている間に夕飯作りをさせてもらおう。考えれば考えるほど、初出勤に浮かれて妻の仕事をなおざりにした自分にあきれてしまう。

……おばあちゃんの言う通り、もっとちゃんとしなきゃ。妻としての役目も果たせずに、彼の優しさに甘えて助けてもらってばかりでは、私はただの重荷にすぎない。

「あれ……？」

けれどエレベーターを降り、家の前まで来て玄関を開け、中に入って驚いた。リビングの明かりがついているのだ。今朝、湊さんと一緒に家を出たときには消したことを確認したはずなのに、どうしてだろう。

「え……」

「おかえり」

靴を脱ぎ、急いで部屋の扉を開けた私は二度驚いた。視線の先にはスーツ姿の湊さんがいて、手にはなぜか調理器具のお玉を握っている。

「た、ただいま……」

数秒固まってから、返事をした。スーツ姿……とは言ってもジャケットを脱ぎ、腕まくりをした白シャツに、下はスーツのスラックスのままといういでたちだ。なにより湊さんとお玉は、不似合いにもほどがあった。

「初出勤の報告で、秋乃さんと話したいこともたくさんあっただろ？　せっかくなら、面会時間ギリギリまでいてもよかったのに」

「そしたら、それに合わせて迎えにいったし――」なんて続けた彼の背後にあるキッチンでは、食欲をそそる湯気が揺れていた。匂いからして、カレーだろう。

でも、まさか――どうして？

「あ、あの、夕ご飯、今から作ろうと……」

「夕飯はカレーにしてみた」

お互いの声が重なった。ハッとして動きを止めた私とは裏腹に、湊さんはやっぱり穏やかに微笑んでみせる。

「実は、情けないけど料理とか、はじめてなんだ。だから味はあんまり自信ないけど、一応、近衛にも相談したら便利な料理のサイトと、あと、カレーならよほどの料理音痴でなければ失敗しないって言われてさ」

その言葉に我に帰って改めてキッチンを見てみると、調理台の片隅に湊さんの携帯電話が置かれていた。たぶん、言葉の通り、それで手順を確認しながら作ったのだろう。カレーとはいえ、一度も料理をしたことのない人にとっては大冒険だったはずだ。

「桜は初出勤で疲れてると思ったし、これくらいのことはできないと、今後、桜に負担ばかりかけることになるだろ？」

「湊さん……」

「風呂は桜が洗ってくれてあったし。今後はもっと家事も勉強するから、教えてほしい」

ああ、もう。気がついたら鞄を床に落として、駆け出していた。そしてそのまま湊さんにギュッと抱きついて、彼の体に頬を寄せる。

「桜、どうした？」

「なんで、そんなこと……っ。それは……家事は妻の私がやるべきことだし、湊さんのほうが仕事で疲れてるはずなのに……」

私のほうこそ情けなくて泣きそうだ。あのルーナの社長である湊さんにこんなことをさせるなんて、彼の妻、失格だと思う。

「ごめんなさい、私……全然、ちゃんとできなくて……っ」

湊さんの体に頬を寄せたまま、顔を上げることができない。今、彼の顔を見たら泣いてしまいそうで、本当にダメな自分が嫌になる。

「なんで謝るんだよ。それに、なんで家事が妻のやるべきことだって話になる？」

けれど、私の胸のうちもすべて見透かしたような彼の手が、私の髪を優しくなでた。

「どちらかが忙しければ、時間ができたほうがやればいい。夫婦なんだし、お互いを思いやるのは当然だろう。だから、最初から桜が家事を全部やろうだとか考えるな」

ぎこちなく背中に手が回されたのは、たぶんお玉が握られているせいだろう。それでも、いつも通り温かい彼の腕の中で顔を上げれば綺麗な瞳と目が合って、思わず視界が涙で滲んだ。

「正直、これまでまともに家事なんてしたことなかったから、最初は足を引っ張ってばかりになるかもしれないけど。でも、近衛にも褒められたんだ。今日は夕飯を作って桜の帰りを待つって決めたら、無意識に仕事のスピードが上がっていたらしい」

おもしろそうに言った湊さんの言葉に、鼻の奥がツンと痛む。

「だから、桜が謝る必要なんてない。妻としての務めなんて、桜が笑顔で俺のそばにいること以外にないんだから」

彼の甘い唇が額に触れた。反射的にまぶたを閉じれば、胸いっぱいに幸せが広がっていく。

「実際、カレーがおいしくできているかどうかも怪しいし――」

「――好きです」

「え？」

「私、湊さんのことが好きです。大好き」

次の瞬間、自然と言葉が唇からあふれ出していた。精いっぱい、涙をこらえて彼を見上げ、まぶしさに目を細める。

「まだ出会って間もないけれど……。でも、私、あなたのことが好き」

一度口にしてしまえばもう、止まらなかった。腰に回した腕にギュッと力を込めると、湊さんの胸の鼓動が優しく私の鼓膜を揺らした。

「湊さんが私を想ってくれるみたいに、私もあなたを想いたい。大事にしたい……」

たぶん、彼と出会った瞬間から、すべては始まっていたのだろう。優しくて、穏やかで。時々イジワルだけど綺麗で精悍《せいかん》な彼を好きにならずにいるなんて、無理だった。

「いつも、本当にありがとう。カレーも、すごくうれしい。こんなにうれしいカレー、はじめてかも。だからねぇ、早く一緒に食べ――」

「――そんなの、あとだ」

「え……、ん……っ⁉」

そのとき、突然、噛みつくようなキスをされた。思わず目を丸くすると、色気をまとった湊さんの瞳に射抜かれる。

「……っ、ヤバイ。先に桜を食べたい。もういろいろ、俺も限界」

「ふ、あ……っ」

湊さんの手から、不似合いなお玉が床に落ちた音がした。そのまま私の膝裏に手を回した彼は、軽々と私の体を抱え上げる。

「ひゃ……っ！　み、湊さん、あの……っ」

「黙って」

「ん……っ！」

あっという間に私を寝室に運んでベッドに下ろすなり、彼は性急なキスをした。何度も何度も角度を変えては塞がれる唇のせいで段々と息が上がり、頭の中が彼でいっぱいになる。

「み、湊さ……」

「桜……愛してる。ついこの間、待つって言ったばかりだけど、もう待てないって言ったらあきれる？」

好きな人の、たっぷりと色気をまとった瞳に見下されながら尋ねられ、首を縦に振る女の子なんていないと思う。こんなふうに思うのは変かもしれないけれど、今はもっと、彼に触れてほしかった。

もっともっと、深いところで彼と繋がりたい。彼を知りたい。湊さんに、近づきたい。離さないでほしい。いろいろな感情があふれ出して、なんだか自分が自分じゃなくなったみたいで、恥ずかしくてたまらなかった。

「今、桜が考えてること、あててみようか?」

「ひゃ……っ、やっ、ダメ……っ」

首もとで光るネックレスのサクラのチャーム。それにそっと口づけた彼は私が着ているシャツのボタンを外すと、あらわになった胸もとに唇を這わせていく。

「桜は今、俺と同じことを考えてる。深いところで繋がりたい、知りたい。たっぷりと時間をかけて、できることならひと晩中、触れ合っていたい。……だろ?」

「そ、そんな、こと……っ、や、あ……っ」

湊さんの指が下着をなぞって、反射的に背中が反った。体の奥がジンと痺れて、思わず太腿をすり寄せてしまう。

「大丈夫だよ。嫌というほど溶かしてから食べるから。桜はただ……かわいい声で、俺に鳴かされていればいい」

「や……っ」

けれど、そう言った彼の手がスカートの裾をたくし上げた瞬間に、ドクンと心臓が不穏に跳ねた。逞しい胸板と、力強い腕。色香をまとった彼の空気と、私を誘う甘い指。この先に起きることは私には未知の世界で——彼に抱きしめられるのは幸せなことのはずなのに、どうしようもなく怖いと思ってしまったのだ。

「桜……」

「み、湊さん……っ。私、まだ、やっぱり……」

心の準備ができていませんでした。でも、それを今、口にしていいのかわからなかった。

もちろん今、彼に触れたい、彼と深く繋がりたい、彼のことをもっと知りたいと思った気持ちに嘘はない。

けれど、この後自分がどんなふうに乱れてしまうのか、それを見た彼がどう思うのか……なにもかもが予測不可能で、喜びよりも不安のほうが勝《まさ》ったのだ。

相手が好きな人だからこそ、すべてをさらけ出すのが怖くて不安でたまらない。

「ご、ごめんなさい……っ」

「え?」

突然声を湿らせた私に驚いたのか、湊さんが胸もとにうずめていた顔を上げる。

「私……まだ、心の準備ができていないです……」

二十六歳にもなって、なにを少女のようなことを言っているのだとあきれてしまう。

それこそ湊さんにもあきれられてしまうのではないかという不安もあるけれど、このまま平気なふりを続けることもつらかった。

「まだ、怖い？」

だけど次の瞬間、予想に反して穏やかで、優しい声が鼓膜を揺らした。促されるようにゆっくりとうなずくと、湊さんの温かい手が私の髪を優しく梳く。

「わかった。じゃあ、やっぱり今日はやめよう」

「ご、ごめんなさい、私……」

「桜が謝る必要はない。ついこの間、待つって言ったばかりだったのに、俺が焦りすぎたんだ」

言いながら、そっと私の体を起こしてくれた彼は、そのまま私を抱き寄せた。耳に触れる鼓動が心地よくて、思わず彼の厚い胸に頬を寄せてしまう。

「桜に好きだと言われて、浮かれすぎた。何度でも伝えるけど、もう俺は、桜しか見えないんだ。だから今は、桜の気持ちが知れただけで十分だ。迷ったままの君を抱いても、なんの意味もないしな」

諭すような声色で言われて、目には温かな涙が滲んだ。

「湊さん、ありがとう……」

好き、大好き。ギュッと彼のシャツを掴むと、私を抱きしめる腕にも力がこもる。

「俺のほうこそ、正直に言ってくれてありがとう。とりあえず、カレー食べようか。桜のことは今、味見したけど、カレーのほうは味見もまだだったことを思い出した」

ふっと口角を上げた湊さんは、イタズラっぽく笑った。彼と目が合っただけでドキドキして、胸がいっぱいになってしまう。

「そんなふうに見つめられると、また決心が鈍りそうだけど」

「え……」

「とりあえず、今日はキスだけで我慢する」

「ん……っ」

言い終えると彼はそっと私の唇にキスをした。そして真っ赤になっているであろう私の手を取り立ち上がると、リビングへと体を向けた。

「まぁでも、この先が楽しみだな」

言葉の通り、心なしか楽しそうに見えた湊さんの横顔に、ドクンと心臓が大きく跳ねた。相変わらずリビングから漂うカレーの香りと、ドアの隙間から床に転がっているお玉が見えて、先ほど私を抱え上げた彼の逞しさを思い出す。

「た、楽しみって……」

「うん？　そのままの意味だよ。よく、楽しみは最後に取っておいたほうがいろいろ盛り上がるっていうだろう？」

「お腹空いたな」と、続けてぽつりとこぼされたその言葉は、どちらの意味なのだろう。なんてことを考え固まってしまった私に気がつき振り返った彼が、やっぱりイタズラっぽく笑ってみせる。

「今の、どっちの意味だと思う？」

「な……っ、そ、そんなの……っ」

「ご想像にお任せします、俺のかわいい奥さん？　いざ食べるときには、〝いただきます〟って手を合わせないとな。ありがたみが嫌というほど、わかってるし」

今日、何度目かもわからない唇が、額に触れた。しっかりと繋がれた手は優しくて、とても大きく温かい。

結局、その日食べたカレーの味と過ごした時間は、一生忘れられないものとなった。

ふたりで並んで洗い物をして食器を片づけて……。

こんな毎日がこれからも続いていくのかと思ったら、それはとても贅沢な幸せだと思った。

「会いたかった」


「だーかーらぁ。それだと結局、既存の企画と全然変わらないからつまらないって！」

　朝イチの打ち合わせで、かわいらしい見た目とは裏腹なサツマちゃんの厳しい声が飛ぶ。ダン！と、デスクを叩く手は華奢なのに、ビリビリと空気が震えた。

「クリスマスに恋人へのプレゼント用のジュエリーを〜って、もうね、普通。フツーすぎて、マンネリだからどうしようって話っしょ？」

「まぁ、サツマっちの言うことはわかるけどさ？　でも結局、定番が安パイなんじゃないかなぁと思うし、デザインでほかのブランドとの差をつければ……」

「――ナンセンス！」

　弱々しい声を出したのはカブくんだ。そんな彼の言葉を一刀両断したサツマちゃんは鼻を鳴らすと腕を組み、どっかりと椅子の背もたれに背を預けた。

　今日は朝から企画課内の打ち合わせで、八人掛けの大きなデスクをメンバーみんなで囲んでいる。デスクの上には、それぞれが作った企画書が広がっていた。

　私がルーナに入社して早二週間と少し。毎日のように朝はこの打ち合わせから始まり、小一時間ほどの時間を要す。

「でもさぁ、クリスマスに向けた、新しい企画の提案って言ってもなぁ……」

頭を抱えたカブくんは、力なくデスクに額をつけた。――クリスマスに向けた新しい企画の提案。それは企画課が今一番、力を入れている案件だ。

『これまでのルーナで提案してきたものとは、少し視点を変えた企画を期待している』

……というのは社長である湊さんの希望で、企画課のみんなは私が入社する以前からここ数週間にわたって、この希望に頭を悩ませているらしい。

「いくらジュエリーのデザインに凝ったって、基盤となる企画がグラグラじゃあ意味ないんすよ」

「サツマっちは手厳しすぎるよ。そんなに言うなら、サツマっちもいい案あるんだよね？　ねぇ？」

「そ、それは……っ」

「ないのに、文句ばっかり言ってんの？」

「まぁまぁ、ふたりとも落ち着け」

とうとう、いがみ合いを始めたサツマちゃんとカブくんをなだめたのはナスさんだった。ふたりはまだなにか言い足りなそうにしていたけれど、素直に唇を引き結ぶ。

「まぁ……先週、社長に提出した企画は全ボツだったしな。焦る気持ちもわかる……というより、実際、もう時間もないし。とにかく今は、なにか糸口となるポイントを、ひとつずつ検討してみよう」

会議用のデスクの上に広がった企画書の一枚を、チーフである根岸さんが拾い上げた。どれもみんなが一生懸命考えた企画なのだけれど……。そんなことを考えながら眉根を寄せれば、隣に座るサツマちゃんが深く重いため息をついた。

「糸口になるようななにか、かぁ～。でも、そもそも私、恋人ありきの企画、飽きてたんすよね」

「飽きてたの？」

「そうッスよ。だって私、もう二年以上、彼氏いないし」

「えっ⁉　サツマちゃん、そんなにかわいいのに彼氏いないの⁉」

続けられた予想外の言葉に思わず声をあげてから、慌てて口もとを押さえて黙る。

……いけない、仕事とは無関係のことだった。だけど、それくらい意外だったのだ。

だってサツマちゃん、すごくかわいいのに。多少、口調がキツイときはあるけれど、オシャレさんだし裏表のないいい子だし、彼女に恋人がいないとは思いもしなかった。

「ハナちゃんってば驚きすぎだよー。たしかにサツマっちは見た目はかわいいけど、中身は完全に俺たち男と変わらないから——って、イテッ！」

「ウッザ！」

ヘラヘラと笑ったカブくんの顔がゆがんだ。どうやらデスクの下でサツマちゃんがカブくんの脛《すね》を蹴ったらしい。

痛がるカブくんを前にサツマちゃんは鋭い視線を送っているし、ナスさんと根岸さんについては「今のはカブが悪い」と、うなずいている。

「カブさんみたいに短期間で色んな女を渡り歩いてるクズ男より、数年彼氏がいないクリーンな私のほうが百倍マシっす」

「そ、それはぁ～」

「そもそも、ここ数年は仕事が楽しくて男とか考えてる時間なかったし。なんか、あんま必要性も感じないんすよねぇ、残念ながら」

キッパリと言いきるサツマちゃんは男前で、カブくんは返す言葉もないようだった。

考えてみたら私も、湊さんに出会うまでは彼氏だとか考えている余裕もなかったんだ。

毎日、職場と病院、家の往復で……。家では家事に加えてネットショップのこともあったし、日々の生活でいっぱいいっぱいだった。

でも、お付き合いといえば高校生の頃に一度だけ、同級生に告白されて付き合ったことがあったなぁ……。それはもうかわいらしいお付き合いで、手を繋ぐだけで精いっぱいの関係だった。三ヶ月が過ぎた頃、段々とメールの回数が減り、結局、向こうが受験勉強に専念したいとかで自然消滅みたいな形で終わったんだ。今になって思えば私も彼のことを好きだったのかどうか曖昧だけれど、一応、青春の一ページと呼べる出来事だったかもしれない。

「あ。そういえば、ハナちゃん先輩はどうなんすか？」

「え？」

「彼氏、いるんすよね？　いつもつけてるネックレス……彼氏さんからもらったものとかっしょ？」

懐かしい記憶に思いを馳せていた私は、サツマちゃんの唐突な言葉に我に返った。数回まばたきを繰り返せば、クリクリとした大きな目が私の様子をうかがっている。

細い人さし指は、私の首もとで光るサクラのチャームがついたネックレスを指していた。自然と動いた私の手はチャームに触れて、思わずそれを握りしめる。

「こ、これは――」

「えー！　ハナちゃん、彼氏いるの⁉　ショックーゥ」

「いや、いるっしょ。むしろ、いないと思ってたカブさん、ヤバイよ」

勢いよく頭を上げたカブくんを、再びサツマちゃんのあきれたような声が一蹴した。

かくいう私は咄嗟に頭を悩ませて、返す言葉に詰まってしまった。

……彼氏、というか、すでに結婚しているんだけど。

でも、それを言ってしまっていいのかわからない。

湊さんとのことは社内では彼の秘書である近衛さんしか知らないことだし、私自らが湊さんとの結婚を社内では秘密にすると決めた以上、バラすわけにはいかないのだ。

「ねぇねぇ、ハナちゃんの彼氏ってどんな奴⁉」

「ど、どんなって……えーと……」

「肉食系のイケメンっすか？　それとも、草食系のリーマンとか？」

突然、息の合いだしたカブくんとサツマちゃんに詰め寄られ、思わず苦笑いをこぼしてしまった。とりあえず、結婚しているということくらいは報告しても問題ないかな？　本来なら隠すことでもないし……というか、むしろ結婚していることを隠すというのは、社会人としてどうかと思う。

「す……すごく、素敵な人、かな？　というか私、実は――」

「はいはい。仕事に関係ない話は、そこまでな」

けれど、「結婚している」と告げようとした言葉を、チーフである根岸さんの声が切った。慌てて根岸さんへと視線を移すと、彼はサツマちゃんとカブくんを見てため息をつく。

「関係ない話じゃないっすよー。新企画の糸口になる話だったのに」

「どこがだよ。新企画と花宮のプライベート、関係あるか?」

「ありますって! だって、ハナちゃん先輩がいつも身につけてるネックレスが、彼氏さんからもらったものかどうかって話だったんだから! ほら、立派なジュエリーの話っしょ?」

腕を組み、フン!と鼻を鳴らしたサツマちゃんを前に、根岸さんは「まったく」と、再び深くため息をついた。

「たとえば、これをどんなシチュエーションでもらったのかとか、どんなイベントでもらったかとか、いろいろと参考に――」

「サツマちゃん、ごめんね。これは……このネックレスは、彼からもらったものではないんだ」

「え?」

「このネックレスはね。昔、ある人からもらったものなの」

もう、このままではどうにもおさまりそうにない。そう判断した私は興奮気味に言葉を続けるサツマちゃんの声を切って、まつ毛を伏せた。

同時に、苦笑いも漏れる。私が肌身離さずつけている、サクラのチャームがついたネックレス。これは、彼……湊さんから、もらったものではない。

「私の両親は、私が子供の頃に事故で亡くなっているんだけど……。このネックレスは、そのときに会った小学生くらいの男の子からもらったものなんだ」

「え？」

「名前も素性もわからない相手なんだけど……。でも、それからお守りみたいな感覚で、毎日身につけてるだけなの」

そう言って小さく笑うと、先ほどよりも懐かしい、淡い記憶が脳裏をよぎった。

『ねぇ、お父さんとお母さんは、どうしていなくなっちゃったの？』

……あれは、まだ幼い私がお父さんとお母さんのお葬式に参列した日のことだ。あの日、私は参列の途中で葬儀場を抜け出して、近くの小さな公園へと足を運んだ。

お父さんとお母さんはよく一緒に、公園で遊んでくれたから。だからなんとなく、公園に来たらいつものように、お父さんとお母さんに会えるような気がしたのだ。

まだ、身近な人の死という現実を、現実として受け入れることが難しかったあの頃……。ひとり、ブランコに座って空を見上げていた私の前に、私と同様の黒い礼服に身を包んだ男の子が現れたのは、突然だった。

『おにいちゃん、だれ？』

『これ……君にあげる』

私の質問には答えずに、そう言った男の子はたぶん、私よりもいくつか年上だったように思う。どんな顔をしていたかは思い出せないけれど、手首に痛々しい真っ白な包帯を巻いていたことは覚えていた。

『わぁ……かわいい……』

夕日を背負った彼がポケットから取り出したのは、サクラのチャームがついたネックレスだった。瞳を輝かせながらネックレスと男の子を交互に見ると、その子は再び静かに口を開いた。

『今はまだ、こんなことしかできないけど。でもいつか必ず、今度は僕が君を助けるから』

そう言った男の子は私の手にネックレスを握らせると、逃げるように公園から去っていった。私はただ意味がわからずに、遠くなる彼の背中を見送ることしかできなくて……。

『サクラ、だぁ……』

手の中で小さく光る、自分と同じ名前のサクラのチャームがついたネックレスを握りしめた。今になって思えば、あの子は遠い親戚かなにかだったのだと思う。

私と同じ黒の礼服に身を包んでいたということは、あの子もお父さんとお母さんの葬儀に参列してくれていたのだろう。

『──君を助けるから』

ぼんやりと頭の中で響くのは、子供にしては力強い声だった。私はそれからなんとなく、このネックレスをお守りのように、毎日肌身離さず身につけている。

あの男の子の言葉の通り、このネックレスがどんなときも、私を守ってくれるような気がしているのだ。今ではもう、身につけていないと落ち着かなくて、習慣になっているようなものだけれど……。

「──でもそれ、ひと昔前のルーナのジュエリーだよな」

「え？」

「今はもうないデザインだけど、たぶん……うん、そうだと思う」

けれど次の瞬間、思いも寄らない根岸さんの言葉に現実へと引き戻された。弾かれたように顔を上げれば、私の首もとで光るネックレスをジッと見つめる根岸さんがいる。

「そのデザイン、前に資料で見て綺麗だなと思って覚えてたんだ。だから、はじめて見たときに、ああ、花宮はルーナのネックレスをつけてるんだって感心したんだけど……」

このネックレスが……ルーナのジュエリー？　まさか、そんなことあるはずがない。だってひと昔前のルーナのジュエリーといえば、ブライダル中心の高級品ばかりだ。そんなものを記憶の中の小さな男の子が持っているはずがないし、ネックレスにもルーナのロゴは刻まれていない。

なにより、年数が経っているせいだけではなく、大人になった今見ると、完成度がどこか低い代物なのだ。手づくり感というか、ハンドメイド感があり、決して店頭にそのままで並べられるような商品ではないと思う。

「んー……たしか、この過去のアイテム一覧のファイルに……」

けれど、根岸さんはなにかを確信しているようで、デスクのうしろに並ぶ本棚から分厚い一冊のファイルを取り出した。そして慣れた手つきでページをめくると、あるところで不意にその手をピタリと止める。

「あ、あった。ほらほら、これ……って、うん？　改めて見ると、ちょっと違うな」

「ど、どれですか⁉」

咄嗟に身を乗り出して、根岸さんが開いてくれたページを覗いた。するとたしかにそこには、私がつけているネックレスとよく似たデザインのサクラのネックレスが記されている。

「《In《イン》 your《ユア》 heart《ハート》》シリーズの、《A《ア》 flower《フラワー》 of《オブ》 love《ラブ》》ってアイテムだけど……」

そこまで言って語尾をすぼめた根岸さんは、考え込むように口もとに手を添えた。そして改めて、私の首もとで光るネックレスと、ファイルに記されたデザインを見比べてから首をかしげる。

「トップとチェーンを繋ぐバチカンのデザインが、少し違うな……。そうすると、やっぱりルーナのこれとは違うものか……」

「悪い、勘違いだったらしい」と続けた根岸さんだけれど、私は胸の動悸がおさまらない。

……だって、根岸さんが指摘した箇所以外は本当によく似ているのだ。チャームのデザインもそっくりだし、チェーンからエンドパーツまでもまったく同じデザインに見える。

違うといえば違うデザインだけれど、まったくの別物かと聞かれると、それもまた違う気がした。

「まぁ、パチもんっていうか、模造品って多いしね」

ぽつりと言ったのは、カブくんだ。

「ほんとそれ。私なんかこの間、縁日の屋台でルーナのリングそっくりの、なんか変なリング、見つけましたもん」

サツマちゃんもカブくんに同意すると、頬杖をついて息を吐く。

「ハナちゃんのそれも、その小学生の男の子が持ってたなら、夏祭りの縁日とかで買ったやつを、落ち込んでるハナちゃんを励ますためにくれたものなのかもねぇ」

「うん……そう、かな……」

「そうだよー。そもそも、ルーナのジュエリーを小学生の男の子が女の子にあげるってあり得ないし」

言いながら、うんうんとうなずくカブくんを前に、私は言葉を詰まらせた。

たしかに……カブくんの言う通りなのかもしれない。ご両親が持っていたものを勝手に持ち出して、私にくれたという可能性もゼロではないけれど……。

小学生がひと昔前のルーナのジュエリーを買えるわけがないし、私も根岸さんに指摘されるまでは、オモチャに似た類のものだろうと思っていた。一点物……といえば聞こえはいいけれど、箱もない、手渡しでそのまま渡されたものだし高級品だなんて考えたこともなかったのだ。なにより、もう十何年も前のことだし、記憶が曖昧になっているのも仕方がない。

「でも、縁日の屋台で買った模造品でも、落ち込んでる女の子を励ますためにネックレスを渡すって、その男の子、今頃はめちゃくちゃ色男になってるんじゃない？」

おもしろそうに言ったカブくんは、形のよい唇の端を持ち上げて小さく笑った。

「……あ、それ、なんかいいっすね」

「ん？　縁日の屋台の模造品？」

「違いますよ！　そこじゃなくて！　えーと、落ち込んでるハナちゃん先輩を励ますために、ジュエリーを贈った、みたいな……」

そのとき、いまだに混乱を引きずる私とは裏腹に、突然、瞳を輝かせたサツマちゃんが企画書の一枚を手に取った。そしてそれを裏返すと、呆気にとられるメンバーを置き去りにして、性急に筆を走らせる。

「これっすよ！」

【落ち込んでいる誰かに贈るジュエリー】【励みになるジュエリー】

かわいらしい筆跡で書かれた言葉。それをペンでトントン、と叩いたサツマちゃんは、再び嬉々とした表情で顔を上げた。

「ジュエリーを贈るっていうと、相手を喜ばせようとか記念日にとか、これまでターゲットをカップルに限定して考えてましたよね？　でも、そうじゃなくて、もっとこう……贈る相手を限定しないっていう切り込み方もありじゃないっすか？」

その言葉に、全員が息をのむ。贈る相手を限定しないという切り込み方……。そして数秒の間を開けてから、今度はチーフである根岸さんがなにかを掴んだように息をこぼした。

「……なるほど。つまり、ターゲットを限定せず、誰にでもあてはまる目的を考えることで差別化を図る、か」

「それなら……たとえばですけど、〝感謝〟とか、どうですか？」

「え？」

次の瞬間、つられて言葉が唇からすべり落ちた。慌てて「す、すみません」と頭を下げたけれど、先ほどとは違った理由の動悸がおさまらない。

「あ、あの、私……。偉そうに口出しできる立場じゃないのに、その……」

「花宮、謝らなくていい。花宮だって企画課のメンバーのひとりなんだから、どんどん意見は言ってほしい」

優しい根岸さんの声にうつむきかけていた顔を上げると、言葉の通り、みんなが私の意見の続きを待ってくれているようだった。まだ新人の私が、新企画について口出しなんてしていいのだろうか。そう思って今まで恐縮していたけれど……ここで働いている以上、いつまでも恐縮しているわけにもいかない。

だけど、そんなふうに思えるのもきっと、湊さんが『桜は桜らしくがんばれ』と言ってくれたからだ。私は、私らしく……前を向いてがんばっていいと、彼が背中を押してくれたから。

「ハナちゃん、それで、今の続きは？」

カブくんが瞳を輝かせながら、私に尋ねる。それに促されるように首もとで光るサクラのチャームに手を添えた私は一度だけ小さく息を吐くと、再び静かに口を開いた。

「え、と……。その。たとえばですけど、今言ったように目的を〝感謝〟とするんです。〝感謝〟って、恋人以外にも家族とか、恩師とか……。先輩とか後輩とか、もう本当にたくさんの方に対して抱く感情のひとつだと思うから、今、サッマちゃんと根岸さんが言ったみたいにターゲットを限定せず、幅広く年齢層を設定できるかな、と」

言いながら、サツマちゃんが書いたメモの近くに筆を走らせた。

〝感謝〟を目的としたクリスマスジュエリー。クリスマスに恋人以外にだって、ジュエリーを贈ってもいいじゃない。そして、その目的を誰にも身近に感じられることにして、ルーナがお客様にわかりやすい提案をする。

「サンクスシリーズ……とかだと、つまらないから……。例えば、ギフトシリーズ、とか……」

「ギフトシリーズ……」

「はい。いつもお世話になっている人へ贈るプレゼント。家族へのプレゼント向けのジュエリーや、恩師へ贈るジュエリー、先輩後輩向けのジュエリー……とか、細分化したりして」

「……うん」

「キャッチコピーは、〝聖なる夜に、あなたの大切な人に特別なギフトを〟……とかにしたら、どうでしょう」

メモを書きながら、不安で鳴っていた動悸がいつの間にか心躍るドキドキに変わっていた。

新しいジュエリーを、お客様に届けられる。新しいジュエリーが生まれる瞬間に立ち会える。

同じ夢や目標を持った仲間と、こうして向き合えることが……楽しくてたまらない。

「〝聖なる夜に、あなたの大切な人に特別なギフトを〟……か」

「それで、ギフトシリーズ、ね。……うん。それ、めちゃくちゃいいよ！　超イイ！」

私の提案に笑顔でうなずいてくれたのはナスさんとカブくんで、続けて根岸さんとサツマちゃんまで「いいね」と声を揃えた。

「あ、あの……」

「もちろん、ここからさらにブラッシュアップしていかなきゃならないけどな。でも、糸口としては最高のアイデアだと思う」

満面の笑みを浮かべた根岸さんを前に、ドクン！と鼓動が大きく跳ねた。糸口としては最高のアイデアなんて……新人である今の私には、もったいなさすぎる褒め言葉だ。

「よっし。そしたら、サツマと花宮。ふたりで、企画書の作成をやってくれ」

「え……。サツマちゃんだけじゃなくて、私も加わっていいんですか？」

「もちろん。ここでは入社歴だとか関係ないんだ。いいアイデアが出たら、それをみんなで磨いていく。今の花宮の話を聞いて、サツマとふたりでやればきっと、さらによくなると感じたからな」

根岸さんからの言葉がうれしすぎて、思わず涙腺が緩んでしまった。

これは、私ひとりで出てきたアイデアではない。こうして毎日のようにみんなで話し合い続けたからこそ、ようやく出てきた糸口なんだ。

そして、その糸口の一端を担えることに、どうしようもない喜びを感じてしまう。一歩……ほんの小さな一歩かもしれないけれど、ジュエリーデザイナーになるという夢にも近づけただろうか。

「よし、そしたらいったん、今日の夕方までに企画をまとめて社長に――」

「残念ながら、社長は日曜の夜まで、海外出張に行ってて不在っすよ」

「あ……そうか。そうだったな」

「と、すると、早くても社長に話せるのは来週の月曜日っすかねぇ？」

「メールで送っておけば見てくれるかもしれないけど、今日の夜はハナちゃんの歓迎会だからなぁ」

それぞれが頭を抱える中でひとり、私は唐突に名前が出た湊さんの顔を思い浮かべた。

そう、湊さんは今、シンガポールに出張中だ。現地の取引先からの依頼で急遽、先週の土曜日に日本を発つことになって、帰国は日曜日の夜を予定している。

突然決まった出張で、湊さんは謝ってくれたけれど……仕事なのだから仕方がない。というよりも、彼は突然の出張にほんの少し苛立っているようだった。

『俺が帰ってくるまで、変な男を近寄らせないように』

朝、家を出る間際にそんなことを言い残した湊さんは、私にあきれるくらいの長いキスをした。それこそ、そのままベッドに運ばれそうな勢いで、私は玄関先で腰を抜かしてしまったほどだ。

『まぁ、恋人同士の遠距離恋愛気分を味わえると思ったら、一週間と少し桜に会えないのも我慢できるかな。それに、その間に桜の〝心の準備〟もできるかもしれないし？』

続けて言い渡された言葉を思い出して、思わず頬が熱くなった。湊さんは冗談めかしていたけれど、免疫のない私は照れずにはいられなかった。

「ん？ 花宮、どうした？ なんか顔、赤くないか？」

「い……いえっ！ あの、その……大丈夫です！」

すぐさま根岸さんに突っ込まれ、慌てて顔の前で手を振った。

いけない、仕事中にとんでもないことを考えていた。だけど——たった一週間だけれど、会えない日々が彼への思いを募らせて、彼の名前を聞いただけで、彼に会いたくてたまらなくなった。

そんなふうに思いながらネックレスに触れると、余計に湊さんのぬくもりが恋しくなる。

日曜日の夜は、疲れて帰ってくるであろう彼を家で待っていよう。そう考えたら今度はとても幸せな気持ちになって、自然と顔は綻んでいた。

「かんぱーい！」

その日の夜は予定通り、企画課のみんなが歓迎会を開いてくれた。場所は最近駅近にできたらしいオシャレなバルだ。淡いオレンジ色のライトに包まれた店内の一角に、グラスのぶつかる軽快な音が響く。

「はーぁ！　やっぱり、仕事終わりのビールは最高っすね！」

ドン！と、大きなジョッキを机の上に置いたのは最年少のサツマちゃんだ。今日一日で無事、企画書の基盤を作り終えたおかげか、お酒が進むペースも速い。

「——そういえば花宮は、ずっとやってたネットショップ、休業にしたんだって？」

それからあっという間に楽しい時間は過ぎて、二時間ほどが経った頃だろう。仕事の話を中心に盛り上がっていた会話は段々と砕けて、プライベートな話題へと移っていった。

当店オススメと書かれていたジンベースのカクテル。本日三杯目となるお酒に口をつけていると、正面に座す根岸さんが真っすぐにこちらを見た。

「ネットショップ、それなりに流行ってたんだろ？　ルーナは副業禁止じゃないし、続けてもよかったのに」

話題は私が運営していたハンドメイドアクセサリーのネットショップについてだ。以前、湊さんからもルーナで働きながら運営は続けていいと言われたけれど……。私はルーナで働き始めたと同時に、ネットショップはお休みすることを決意した。

「続けたい気持ちはもちろんあったんですけど、やっぱりルーナで働く以上、もっとジュエリーの勉強に時間を使いたいなぁと思って……」

「ふぅん？」

「私が以前勤めていたのはジュエリーとは無関係な会社でしたし、まだまだ勉強不足なので。だからこそ今は、大好きなジュエリーの勉強ができることが楽しくて。毎日、すごく幸せだなぁと思っています」

小さく笑うと、グラスに反射するライトがジュエリーのように静かに光った。口の中にはチェリーの甘さとジンの苦さが混ざり合って広がっている。

こんなふうに大人数でお酒を飲むのは、いつぶりだろう。そう思うとなんだかとても幸せな気持ちになって、ふわふわと体が宙に浮いているような気分になった。

もともとお酒に弱いのに、うれしくてつい飲みすぎて、酔っているのかもしれない。だけどやっぱり、同じ志を持つ仲間とこうして過ごす時間が、今は楽しくて幸せなんだ。

「今日も、勉強になることばかりでした。私は最終的にはジュエリーデザイナーになるのが夢ですけど……企画課で、デザインの基礎となる部分から学べることは、すごく恵まれているなぁと思います」

今は慣れないことばかりで、毎日が勉強だ。それでも今日のように、新しいジュエリーが生まれる瞬間に立ち会えることを幸福に思う。

「花宮はさ、努力家だよな」

「え？」

「まだ一緒に仕事をするようになって一ヶ月も経ってないけど、クソ真面目で熱血なのに、無駄に謙虚だし」

「そ、そうですかね……」

「ああ。でも、そういう不器用で真っすぐな奴、俺は好きだよ。仕事してるとこっちのモチベーションも上がるし、なにより……一緒にいて、楽しいから」

根岸さんは、目尻にシワをつくって静かに笑った。そっと細められた目は切れ長だけれどとても綺麗で、短く切り揃えられた黒髪の上で淡いライトの光が弾ける。

普段、仕事中に根岸さんと必要以上の会話をすることはないし、なんだかこうして向き合って、一対一で話をすることは新鮮だった。

……そういえば、根岸さんは独身なのだと以前、サツマちゃんが言っていた。企画課では誰よりも仕事人間であるせいだと彼女は笑っていたけれど、根岸さんも容姿は整っているし、普通に女の子からはモテそうだ。

「近衛さんから花宮の家の事情とかはあらかじめ聞いていたから、どんな子が来るんだろうって気になってはいたんだ」

「そうなんですね……」

「ぶっちゃけ最初は苦労が顔に滲み出てる子なのかなーとか思ってたんだけど。でも、実際会ったらそんなことなくて、なんていうか……ダイヤの原石みたいな子だなって思ったよ」

手もとのグラスを傾けながら、根岸さんはそっと顔を綻ばせた。その仕草はなんだかとても色っぽくて、思わずボーッと見入ってしまう。

「花宮を見てると、昔の自分を思い出すよ。ひたすらガムシャラに、夢を追いかけてた頃の自分を。だから、俺ももっとがんばらなきゃなぁーって、背中を叩かれた気分になる。仕事の楽しさを、思い出すよ」

お酒が通って上下した喉仏が、一段と男らしさを感じさせた。慌てて目を逸らした私は、「そんなことないです」と小さく首を横に振る。

私がダイヤの原石みたいな子だなんて、もったいない言葉だ。ガムシャラに夢を追いかけていた頃の根岸さんに似ているだなんて、企画課のチーフを務める彼に言われたら恐縮してしまう。

だけどもし……本当にそんなふうに根岸さんが思ってくれたのだとしたら、それは間違いなく、湊さんのおかげだと思う。だってこうして今、ここに私がいられるのも、湊さんと出会えたからこそだ。

「おばあさんのこととか、大変じゃない？」

「いえ……。もちろん、祖母のことはいつも心配ですけど、でも、それは彼も一緒になって考えてくれているので、今は以前よりも気持ちは楽になりました」

「……へぇ」

不意に出た祖母の話題に一瞬胸が痛んだけれど、私は左右に首を振って笑ってみせた。

祖母には、明日の朝一番に会いにいく。それで今日のことや仕事のことを、祖母にも報告しようと思っている。

「彼は私の祖母のことも、すごく大切にしてくれるので……。祖母も、彼のことをすごく素敵な人だと言っています」

きっと、祖母は私の話を聞いて、「すごいわね」と、自分のことのように喜んでくれるに違いない。そんな祖母の笑顔を見ると、もっとがんばろうと心の底から思えるんだ。

「その〝彼〟って、昼間、サツマが言ってたみたいな感じ？」

「え？」

「イイ奴なんだ。花宮の家族のことも考えてくれるなら、頼りになるな」

ぼんやりと、祖母の笑顔を思い浮かべていた私は、根岸さんの言葉に現実へと引き戻された。私は一瞬の間を開けてから、照れながらもコクリと小さくうなずくと、手もとのグラスの汗をぬぐう。

「……はい。彼に出会うまでの私は、日々の生活を守るのに精いっぱいでした。自分の夢とか恋とか、そういうものは全部、〝余計なもの〟だと決めつけていたんです」

小さく笑えば、汚れたパンプスを履いてうつむく自分が昨日のことのように思い出された。

祖母を守るためには夢なんて捨てなきゃいけない。恋なんてしてる場合じゃないし、そんな時間をつくることすら不毛だと、当然のように考えていた。

〝今以上のなにかを望んではいけない〟

とにかく私は、日々を平穏に過ごすことに精いっぱいだったんだ。

「でも、それが結局、祖母に引け目を感じさせる要因になっていて。私も微妙な気持ちのほつれを取りつくろうのに必死になって……今思えば、お互いに本音を言えなくて、お互いに気を使い合っていました」

幼い頃からずっと私をそばで見てきてくれた祖母は、誰よりも私の夢を応援してくれていた。それなのに自分のせいで私が夢を捨てることになって、祖母はひどく心を痛めていたのだ。

「だけど今は、ルーナでの仕事の話も彼のことも、祖母に話せます。私が話すと、祖母はすごく幸せそうに笑うから」

「……そっか」

「だから私も祖母に話を聞いてもらえるのがうれしくって、お互いに笑顔になることが増えました」

私はグラスに口をつけ、お酒を喉の奥へと流し込んだ。大切な人と、遠慮なく話ができる。それはすごく幸せなことなのだと、改めて気づくことができたんだ。

そして、それに気づかせてくれたのが、湊さんだった。

──あの日、私は彼と出会って世界が変わった。一聴すると大袈裟に聞こえるかもしれないけれど、決して大袈裟な表現ではない。

『俺はもっと君には幸せを望んでほしい』

それは、湊さんに出会ったあの日に彼から言われた言葉だ。

今以上のなにかを望んではいけないと思っていた私に、湊さんはたくさんの選択肢と希望を与えてくれた。そして私は彼の言葉の通り、いくつもの幸せに巡り合えた。

「彼と出会って気がついたんです。自分の〝最善〟は、自分が心の底から笑えることなんだ……って」

ずっとずっと、不安な日々を送っていた。けれど今は、うつむいてばかりではなく、真っすぐに前を向いて歩いていこうと思える。

「私は、いつも私と祖母を支えてくれる彼を、今度は私が支えたいとも思っているんです。それが自分の夢を叶えることにも繋がるから」

「花宮の夢に？」

「はい。それでこの先ずっと、私は彼が私を大切にしてくれる以上に、彼のことを大切にしたいと――」

「思っています」と、言いかけたところで不意に、店内にカラカラン……という大きなベルの音が響いた。

「……えっ？」

直後、声を漏らしたのは正面に座す根岸さんで、私はつられて彼の視線の先へ振り返った。

暖色の明かりに包まれた空間。店内はほぼ満席で賑わっていたけれど、ひと際輝くその姿はすぐにハッキリと認識することができた。

――う、嘘。

「み、みな――っ！」

言いかけて、慌てて口を噤んだ。間一髪だ。こんなところで『湊さん』と彼を呼んだら、私たちの関係が露呈してしまう。

けれど、そんなふうに声をあげてしまいそうになるのも仕方がない。視線の先にはなぜか出張中である湊さんの姿があって、うろたえずにはいられなかった。

家を出たときと同じ、チャコールグレーの品のよいスリーピースを着ている。ほんの少し乱れた髪をかき上げた彼は、駆け寄ってきた店員さんにひと言ふた言なにかを告げると、ぐるりと店内を見回した。

あ……。

次の瞬間、視線と視線が交差する。どうしてここに湊さんが——と、改めて思った瞬間、彼は真っすぐに、私たちのテーブルに向かって歩いてきた。

「しゃ、社長⁉」

驚きの声をあげたのは、根岸さんの隣に座っていたカブくんだ。続けてサツマちゃんが「えっ？」と声を漏らして振り返った。

「うわっ、ほんとだ」

ナスさんと根岸さんは呆然としながら湊さんのことを見ていて、私も同じく固まったまま動くことができない。

「ああ、よかった。まだ、お開きにはなってなかったんだな」

けれど動揺している私たちとは裏腹に、いつも通り綺麗な笑みを浮かべた湊さんは、さりげなく私が座る椅子のうしろに立った。

椅子の背もたれに添えられた彼の手が、背中に触れる。たったそれだけのことなのに、心臓は今にも爆発しそうなほど高鳴っていて、クラクラと目眩すら起こしそうになった。

「しゃ、社長、戻りは日曜の夜じゃなかったんですか？」

「ああ、その予定だったんだけど、用事が思ったよりも早く片づいたところに、急用が入ったんで十五時の便で戻ってきたんだ」

ふわりと鼻先をかすめたのは湊さんがまとう甘い香りだ。胸がギュッと締めつけられて、背後に立つ彼の体に触れたくなる。

「急用って、なにかトラブルでも？」

「いや、トラブルというわけではないけど……。まぁ、どうしても最優先させたい案件があって」

「最優先させたい案件？」

湊さんの言葉に、キョトンとして首をかしげたのは根岸さんだけではなかった。ナスさんもカブくんも、サツマちゃんも、私も……思わず固まって彼の顔を見つめてしまう。

「そう。それで、お取り込み中のところ悪いんだけど、花宮さんを借りてもいいかな？」

「え……」

「実は契約のことで急遽、今日中に確認しなきゃいけないことができたんだ」

私のこと……？

「それは……。でも、今日は花宮の歓迎会で……」

「……ああ。せっかくの歓迎会なのに、申し訳ない。でも、どうしても今すぐ、彼女に来てもらわないと困ることなんだ」

ほんの少し、申し訳なさそうに眉尻を下げた湊さんはそう言うと、チーフである根岸さんをうかがった。対して根岸さんは、「それなら」と声を漏らすと、再び私へと視線を戻す。

「そういうことでしたら、残念ですけど……。契約のことなら花宮も心配だと思いますし、社長にお任せします」

困ったように笑った根岸さんは、もしかしたら私の家の事情を含めた契約の話だと考えたのかもしれない。今の今まで祖母の話をしていたし、彼なりに察したつもりだったのだろう。

居たたまれなくなった私は「すみません」と頭を下げると、改めてテーブルのみんなにも「ごめんなさい」と謝罪する。

「せっかく、私の歓迎会をしてくれたのに……」

「いや、まぁ……これから飲み会なんて、いくらでもできるしな」

すぐに返事をくれたのはナスさんで、サツマちゃんは相変わらずの相槌《あいづち》を打った。

「そっすねー。今日もそろそろイイ感じの時間だったし、うちらももう少ししたら帰るかーって勢いですし」

言葉の通りなのだろう。サツマちゃんはもう何杯目かもわからないビールを再び豪快にあおると、手で蓋をした。

「ありがとう。ここの会計は済ませておくから。あと新企画の件についてもメールで確認した。いい感じだと思うし、その話はまた月曜の朝イチで、すり合わせをしよう」

そうして湊さんはさりげなく私の背中に手を添えると、足もとに置かれていた私の鞄を手に取った。その一連の動作を見ていたサツマちゃんが一瞬不思議そうに湊さんを見上げたけれど、湊さんは気にした様子はなく堂々と私を見つめる。

「それじゃあ、行こう」

「は……はいっ」

耳もとで響いた甘い声に、体の芯が小さく震えた。私は慌てて立ち上がると企画課のみんなにもう一度だけ頭を下げて、前を歩く湊さんの後を追った。

「ありがとうございましたー」

背後で聞こえた店員さんの声が、すぐに街の喧騒にかき消される。一歩、外に出ると冷たい空気が頬をなでて、店内の熱気で火照っていた体を冷ましてくれた。

見上げれば、まばらだけれど夜空には星が輝いている。前を歩く湊さんは、私を決して振り返らない。

けれど、お店が見えなくなる角を曲がった瞬間、唐突に足を止め、おもむろに私を振り返ると――。

「みな――っ⁉」

次の瞬間、息つく間もなく私の唇を強引に塞いだ。

「ん……っ、みな、と……さっ」

体はわずかな隙間すら許さないとばかりに抱きしめられて、彼の体のラインに添うように弓なりになった。裏通りとはいえ人通りがある場所なのに、何度も何度も角度を変えては重なる唇のせいで段々と息が上がってしまう。

「……っ、はぁ。湊さん、ダメ、っ」

それでも精いっぱいの理性をかき集め、一瞬の隙をついて彼の胸を弱々しく押し返した。お酒とキスの甘さのせいでクラクラする。揺れる思考のまま背の高い彼を見上げれば、綺麗な瞳《かお》が私を映して小さく笑った。

「そんな表情で、ダメって言われても説得力ないな」

「ひゃ……っ」

「むしろ、もっとしてほしいって言ってるように見えるけど」

「あ……っ」

次の瞬間、イタズラっぽく動いた指先が私のうなじをなで上げた。そのまま耳にキスをされて、思わず彼の腕の中で身をよじれば、逃さないとばかりに体を近くの壁に押しつけられる。

か、会社の最寄り駅近くなのに……。

「こ、こんなところ、ルーナの誰かに見られたら……っ」

「夜だし、顔なんてよく見えないだろ。大通りからは離れたし、桜のかわいい表情《かお》だけは他の奴らに見せるつもりはないから大丈夫」

湊さんの言う通り、たしかに彼の腕が私を囲んでいるため、大通り側から私の顔は確認できないのかもしれない。

でも、だからといって大丈夫と言いきれるわけではないし、こんな現場を誰かに見られたら、言い訳のしようがない。

「ダ、ダメ……っ」

「本当に？　そう言うわりには桜の顔が、どんどん色っぽくなってるけど」

「そ、それは、湊さんが……っ」

「俺がなに？　もしも本当にやめてほしいなら、桜がかわいく俺を止めてみなよ」

「ふ、あ……っ」

小さなリップ音を立てながら首筋を伝って下りてきた唇は、そのまま強く私の首もとあたりに赤い跡を残した。サクラのチャームの隣に、彼が咲かせた赤い花が咲く。

ダメだとわかっているのに、体に力が入らない。本気で押し返さなきゃいけないのに、段々と彼のペースにのまれていくのが自分でもわかった。

「ほら、早くかわいくねだって、俺を止めてみて」

「そ、そんなの……っ」

か、かわいく止めるって……そんなの、どうすればいいか、わからない。

というか、そもそも、こんなことをしている場合ではないんじゃないの？　なにか契約のことで大切な話があるから、私を連れて出したはずなのに……。

「しゅっ、出張を切り上げて帰ってくるほどの急ぎの案件があったんじゃないんですか……？」

「別に出張を切り上げてきたわけじゃない。二日分、仕事を巻いて終わらせて、急いで帰ってきただけだ」

「ん……っ。で、でも、私の契約の話だって……」

「ああ、それは嘘」

「う、嘘⁉」

けれど、頼みの綱ともいえる抵抗の理由は、湊さんに呆気なく一蹴された。おかげで、逆に現実に引き戻された私は、目を丸くして彼を見上げる。

「う、嘘って……それならどうして、私を歓迎会から連れ出したの？」

「それはもちろん、今すぐ桜を堪能したくて、桜が家に帰ってくるまで待てなかっただけだ」

飄々《ひょうひょう》と言ってのけた湊さんはそっと目を細めると、私のことを見下ろした。

「それ以外にも、酔っ払って隙だらけになった桜が、ほかの男に手を出されないか心配だったってこともあるけど」

「そ、そんなこと……」

「ガキみたいだよな。せっかくの、桜の歓迎会だっていうのに……。俺もまさか、自分がこんなに器の小さい男だとは思わなかった。だけど、桜のことになると余裕が持てない」

「ごめん」と続けた彼の綺麗なブラウンの瞳には、小さな私が映り込んでいた。

自分が止めたくせに、ほんの少し離れた体が寂しくて、思わず彼のジャケットを掴む手に力がこもる。

「どうしても最優先させたい案件だなんて言うから、なにか大変なことなのかと思いました……」

「俺にとっては、桜はどうしても最優先させたい案件だけど？　だから、間違ったことは言ってない」

フッと、口もとを綻ばせた湊さんは、私の額に口づけた。そうして唐突に私の手を引くと、「行こう」とつぶやき歩きだす。

真っすぐに彼が向かったのは、近くのパーキングだった。そこにはすっかり見慣れた彼の愛車が停めてあり、車に着くなり彼は慣れた手つきで助手席の扉を開けると、私の背中を優しく押した。

「閉めるよ」

私が乗ったことを確認した後で運転席へと回り込んだ湊さんは、そのまま車を発進させた。

そこから私たちの家までは、約二十分ほどの道のりだった。

その間、なにを話したかはあまり覚えていない。久しぶりにアルコールに潤された体と、先ほど彼に与えられた甘い熱のせいでクラクラしていたのだ。

「……約、一週間ぶりだな」

窓の外で輝くネオンの光。マンションにつき、玄関の扉を開けてすぐにそうつぶやいた彼は、私の手を引いてリビングへと向かった。

そしておもむろにジャケットを脱いでソファに投げると、改めて私に向き直る。

「会いたかった。離れている間、桜を抱きしめたくて、たまらなかった」

改めて彼の思いを口にされ、心臓が大きく飛び跳ねた。つい、三十分ほど前まで企画課のみんなとお酒を酌み交わしていたのが嘘のようだ。

次に湊さんと会えるのは日曜日の夜だと思っていたのに、まさかこんなに早く会えるだなんて思ってもみなかった。

「桜は、俺と離れてみて、どうだった？」

言いながら、湊さんがそっと私の髪を指ですくって耳にかける。こういうとき、彼はとてもイジワルだ。わかっているくせに、私にあえて言わせようとしている。

たった一週間。けれど、湊さんと会えない時間は彼への愛しさばかりを募らせた。

「私も、湊さんと同じ気持ちでした。早く、会いたいって思ってた……」

自然と唇からすべり落ちた言葉に、自分で言っておきながら頬には羞恥の赤が差す。

「俺に会って、どうしてほしいと思ってた？」

「……っ。早く、湊さんに抱きしめてほしいと思ってました」

「ほかには？」

「み、湊さんが帰ってきたら、たくさんキスしてほしいって思ってた……っ。もう全部、正直に言いましたっ。だからこれ以上イジワルするのは、やめ──んんっ⁉」

再び重なった唇は、驚くほど甘い熱を帯びていた。本当に、彼に溶かされてしまいそう。頭の片隅でそんなことを考えたと同時に、ゆっくりと唇が離された。

「みなと、さん……？」

「……俺を煽ったのは、桜だ」

「え……」

「この間、桜はまだ心の準備ができていないって言ってたけど……その準備、これから俺がじっくり手伝うよ」

そう言うと、湊さんは膝裏に腕を回して軽々と私を抱え上げた。そのまま躊躇なく、ベッドルームへと歩みを進める。

月明かりの差し込む私たちの寝室は、いつもよりも心なしか神秘的に見えた。寝心地のいいベッドの上に私を下ろした彼は、片手で自身のネクタイをほどいてサイドへと落とす。

「あ、あの、心の準備を手伝うって……」

「ん？」と首をかしげて意味深に笑った湊さんは、私の問いには答えてくれない。けれどその仕草はとても色っぽくて、思わずゴクリと喉が鳴った。

「……桜、好きだよ」

ギシリとうなったスプリングが、余計に心をはやらせて、指先が震えてしまう。

「ん……っ」

組み敷かれたまま、ゆっくりと甘い唇が下りてきた。何度も何度も角度を変えて重なる唇に、段々と息も上がってなにも考えられなくなっていく。

気がつくと衣服は乱れ、湊さんが着ていたベストとシャツはベッドの下に落ちていた。波打つ白いシーツがやけに艶《なまめ》かしくて、私は思わず両手であらわになった胸もとを隠した。

「ダ、ダメ……っ」

「……なにも怖がらなくていい。今日はまだ、最後までするつもりはないから」

フッと口角を上げて笑った湊さんが、愛おしそうに私の胸もとにキスをした。

そして、固く握られていた私の手に自分の手を重ねると、今度はそっと、私の首もとで光るネックレスのサクラのチャームに口づける。

「……桜、愛してる」

けれどその瞬間、不意に今朝の会社でのやり取りが脳裏をよぎった。

『でもそれ、ひと昔前のルーナのジュエリーだよな』

『今はもうないデザインだけど、たぶん……うん、そうだと思う』

それは、根岸さんに言われた言葉だ。あの後すぐに、サツマちゃんのアイデアで新企画のことを思いついたから、そのまま話が流れてしまった。

「……《A flower of love》」

「え……？」

「《In your heart》シリーズの、《A flower of love》って……。湊さんは、知ってますか……？」

唐突な私の言葉に、湊さんが胸もとにうずめていた顔をゆっくりと持ち上げた。おずおずと手を動かして、たった今、彼が口づけたサクラのチャームに手を添えると、ひんやりとした感覚が手のひらに滲む。

「このネックレス……《A flower of love》っていう、ルーナのネックレスとよく似ているから……」

そう言って改めて湊さんを見上げると、私を見下ろす彼の目には戸惑いとも驚きとも取れる色が浮かんでいた。今の今まで色っぽく濡れていた彼の瞳が嘘のように消え、切なささすら垣間見えて、思わず首《かお》をかしげてしまう。

どうして湊さんは、そんな表情をするの？　もしかして、せっかくの空気を余計な質問で壊してしまったからだろうか。

「ご、ごめんなさい。私、こんなときに――」

「なんで、それを知って――」

言葉と言葉が重なった。ぽつりとこぼされた声に、わずかな疑問が大きく膨らむ。

だって今の返答だと、湊さんはまるで、このネックレスがルーナのものだと確信しているみたいに聞こえた。だけど、このネックレスはデザイン画に描かれたものとは、ほんの少し様子が違う。

もちろん、湊さんが過去から現在に至るまでのルーナのジュエリーすべてを把握しているのは無理があるから、彼の勘違いということもあるだろう。

「湊さん、どうして……」

でも……仮にもし、これを過去のルーナのジュエリーだと彼が思っていたのなら、どうしてもっと早くに私に言ってくれなかったのだろう。私と毎日のように一緒にいた湊さんは、企画課のみんなよりも早く、このネックレスの存在に気づいていたはずだ。

そう思うのは彼が誰よりも私をよく見ていてくれるからで、なにより彼が私を愛してくれていると思うから。だからこそ、今日まで彼がこのネックレスについてなにも聞いてこなかったことを、今さらながらに深く重く、疑問に感じた。

「もしかして、思い出したのか……？」

「え……？」

「いや……。どうして、それをルーナのネックレスだと……」

月明かりに照らされた彼の髪が、目もとに淡い影をつくった。

思い出した……とは、いったいどういうことだろう。このサクラのネックレスについて、湊さんはなにか知っていることがあるのだろうか。

「桜は、どうしてそれをルーナの作品だと……？」

彼らしくない。心なしか弱々しくこぼされた言葉に、私も静かに口を開く。

「今日……企画課で、指摘されたんです。このネックレスが、今言った、ルーナの過去の作品じゃないか、って」

言いながら、無意識に私はサクラのチャームを握りしめていた。ドクドクと高鳴る鼓動は、つい先ほどまでの緊張とは理由が違う。

「でも、デザイン画を見たら、正式なデザインとは少し違っていたんです。だから、ルーナの作品の偽物だろうって話になって。でも、私はなぜか、これが模造して作られたものだとは思えなくて……」

あのとき感じた、わずかな違和感。それが今、湊さんの反応を見て濃くなった。

企画課のみんなは、これが模造品で、くれた男の子が縁日の屋台などで買ったのだろうと言っていたけれど、デザイン画を見た私はなにか、心に引っかかるものを感じたのだ。

「私の勝手な思い込みかもしれないけど、私はこのネックレスには模造品によくある悪意を感じないんです。湊さんはもしかして、これについてなにか知っているんですか？」

「……やっぱり、桜は、すごいな」

「え？」

そのとき、そっと私の髪に触れた彼が、小さく笑った。その笑顔は笑っているのにとても寂しそうで、胸の奥がギュッと強く締めつけられる。

「桜の言う通りだ。それはたしかに、ルーナのネックレスだよ」

「どうしてそう、断言できるの？」

「だってそれは……俺が、そのネックレスを作った人間を、よく知っているから」

「湊さんが、これを作った人のことをよく知っている？」

言葉と同時に、伸びてきた手が私の首もとで咲くサクラに触れた。その直後、ソファに投げ置かれていた湊さんのジャケットの中で携帯電話の着信音が鳴り響いた。

湊さんの言葉の続きを遮るように、鳴り続ける着信音。しばらく鳴って、またすぐに鳴りだしたソレのせいで、なんとなく話の続きをするのが難しくなった。

「ごめん、桜……」

結局、促されるようにゆっくりと体を起こした湊さんの影はリビングへと消えていった。

その瞬間、なぜだかとても嫌な予感がして体がブルリと大きく震えた。

「――はい。はい、わかりました、今すぐ妻と向かいます」

そして、予感は的中する。深夜にかかってきた電話は、危険を知らせる内容だった。

入院中の祖母の容態が、急変した。先に私の携帯電話に連絡をしたけれど繋がらず、緊急連絡先として知らせてあった湊さんの番号に病院から電話がかかってきたのだ。

「――桜、急ごう」

「は、はいっ」

それから、湊さんとどれくらいの時間で病院へ向かえたかは覚えていない。

「おばあちゃん……っ！」

気がついたら呼吸器をつけられた祖母の病室で朝を迎えていて……そんな私の隣には、支えるように寄り添ってくれる、湊さんがいた。

首もとに咲くサクラのチャームを握る手に添えられた、大きな手。不安であふれる涙は枯れることなく、朝まで私の頬を濡らした。

「桜、大丈夫だから」

彼の言葉もどこか、遠い場所で聞こえるような気がする。

私は必死に唇を噛みしめて、祖母の無事を願い続けることしかできなかった。

「家族になろう」

「桜、少し休んだほうがいい」

そう、湊さんから何度めかの声をかけられたのは、日曜日の夜だった。

金曜日の夜に病院から祖母の容態が急変したとの連絡が入り、私はほとんど眠ることもできずに祖母に付き添っていた。

「……大丈夫です。湊さんのほうこそ、出張から帰ってきて疲れているのに、ごめんなさい」

連絡を受けた湊さんは私と一緒に病院へ来て、昨日、仕事のために数時間だけ家に帰った。だけどその前にシンガポール出張から帰ってきたばかりの彼は、私以上に疲れているはずだ。

それなのに湊さんは私のそばにいてくれて、冷たくなった手をそっと握り続けていてくれた。安易な慰めの言葉をかけることもなく、ただそばにいてくれた。

「明日から仕事だし、湊さんは先に帰って休んでください」

心配そうに私を見る彼を見上げて言えば、繋がれた手に強く力が込められる。

「今、桜を残して帰れるはずがないだろう。近衛には昨日、事情を説明済みだし、仕事についても融通を利かせてもらえるようにしてある」

「でも、新企画が……」

ぽつりとこぼしたのは、金曜日に企画課でまとめたクリスマス企画の件だ。本来なら月曜日の朝イチで、企画課と湊さんで打ち合わせをすることになっている。

だけど社長である湊さんが出社しなければ、それも延期になってしまうだろう。

「企画課のメンバー全員が、必死に考えてまとめ上げたんです。スケジュール的にもギリギリですよね？　だから湊さんは出社してください。私は、大丈夫なので」

再び彼を見上げて精いっぱいの笑顔を見せると、湊さんは眉根を寄せて押し黙った。

クリスマス企画の企画書は、根岸さんに言われてサツマちゃんと私が一緒に作った。ほかの案件を置いてまで金曜日中に仕上げたのも今言った通り、スケジュール的に厳しいところまできていたからだ。

湊さんだって、それは重々承知しているだろうし、新企画は今のルーナの中でも最優先事項のひとつだと思う。

だから明日は湊さんには通常通り出社してもらって、企画課との打ち合わせに出てほしい。そうしなければ企画課のみんなにも申し訳ないし、なによりこれで間に合わなくなったら、私はみんなに合わせる顔がなくなってしまう。

「桜は、どうするつもりだ？」

「私は明日の朝イチで、根岸さんに連絡を入れるつもりです。事情を話して、今はおばあちゃんのそばについていさせてもらえるようにお願いしようと思います」

企画課のメンバーは優秀な人たちばかりだ。彼らがまとめる今回の企画は、きっと最高のものに仕上がるだろう。だからこそ湊さんには、打ち合わせを優先してほしい。私がはじめて関わることのできた企画を、最後まで見届けてほしいのだ。

「とにかく私は、ひとりでも大丈夫なので。もちろん、おばあちゃんが回復次第、仕事にも——っ」

けれど、そこまで口にしたら突然、声が詰まった。言葉を続けたいのに唇が震えて、思うように声が出ない。

私は祖母の回復を信じているけれど、祖母が目を覚ますという保証はどこにもないのだ。明日も明後日も、もしかしたら一週間……ううん、このまま目を覚まさないという可能性だってある。

「……ふ、うっ」

想像したら、目には涙の膜が張った。もうさんざん泣いたくせに、涙は枯れてくれないらしい。いい大人なのにみっともない。湊さんの顔が見られなくなって、私はもう、うつむくしかなかった。

「すみません……私、ほんとにダメですね」

こぼれた弱音は、病室の無機質な空気に溶けて消える。彼が少しでも仕事に行きやすいよう、気丈に振る舞いたかったのにできなかった。

「本当に、ごめんなさい……。湊さんに拾われて、夢を追える場所まで与えてもらって……。今度は私が湊さんの期待に応える番だったのに、結局、今、あなたの足を引っ張ってる」

思わず自嘲の笑みまであふれて、情けなさで胸が軋んだ。湊さんと出会って、彼と過ごしているうちに、自分自身と向き合えるようになったと思っていた。

たくさん甘えて、甘やかされて、数えきれないくらいの幸せを彼からもらった。

〝自分の最善は、自分が心の底から笑えること〟と思えるようになったのも、彼のおかげだ。

どうすれば彼に恩返しができる？　彼との時間を過ごしながら、そんなことを考えてしまうのも、きっと自然なことだった。

そして、私はひとつの答えにたどり着いたんだ。それは夢を叶えることが、湊さんへの恩返しになる……ということ。

湊さんは私の過去の作品のおかげで、今のルーナがあるのだと言ってくれた。だから、この先もルーナで役に立つ人間になれたら、ルーナの社長である彼を助けることができるかもしれないと思った。

妻としてだけでなく、仕事の面でも湊さんのことを支えられる。歓迎会の席で根岸さんに言った通り、私は本気でそう思っていたのだ。

そうすることで私だけでなく、祖母のことまで支えてくれている彼の思いに、報いることができるとさえ思っていたのに……。

「私……っ、全然、湊さんの役に立てない……」

言葉と同時に涙があふれた。だって今の私は、彼の足かせにしかなっていない。

特別な、大きな幸せが欲しいわけじゃない。ただ大切な人を大切にしたいだけなのに、いつだってそれが難しくて、遠いんだ。

「私、湊さんに迷惑をかけてばっかりで……こんなんじゃ、湊さんの奥さんでいる資格なんてない」

仕事の面でも、妻としても彼のことを支えられない。こんなんじゃ、きっと私と一緒にいる意味がない。

「俺は別に、桜に俺の役に立ってほしいなんて思ったことはない」

「え……？」

「迷惑だとかも、今まで一度だって考えたこともない」

けれど不意に放たれた、怒りをこらえるような声色に驚き、私はうつむいていた顔を上げた。そうすれば私を真っすぐに見下ろす彼の綺麗な瞳と目が合って、一瞬、息の仕方を忘れてしまう。

「ただ、そばにいてくれるだけで、桜は俺の力になるんだ。桜がいてくれるだけで俺は支えられている。だから恩返しだとか、そんなの……今まで一度も、俺は桜に望んだことはない」

きっぱりと言いきった湊さんは、自身を落ち着かせるように小さく息を吐くと、改めて私に向き直った。

「愛しているから、支えたいんだ。本来、家族は、そういうものだろう。それじゃあ桜は、秋乃さんに恩返しをしてほしいと望んだことがあるのか？　なにか、見返りを求めたことがあるか？」

秋乃とは、祖母の名前だ。今度は諭すような声色だった。温かい手が、私の髪を優しくなでる。

……私が、祖母に恩返しを望んだことがあるかなんて、そんなの聞かれなくても答えは決まっている。

「そんなの……考えたこともありません」

静かに答えれば、湊さんの目が優しく細められた。

祖母に恩返しをしたいと思うことはあっても、逆に恩返しをされたいだなんて考えたこともなかった。

「そうだろう。だから俺だって、桜に恩返しをしてほしいだなんて思ってない。秋乃さんだって……桜に、恩返しをしてほしいと望んでいるとは思えない」

やっぱり諭すような、それでいて力強い声に返す言葉をなくしてしまう。

「ありのままの自分を預けられる……〝愛〟で結びついた関係。俺は桜と、そういう関係になりたいと思ってるんだ」

「ありのままの、自分を？」

「もちろん、中には例外もあるかもしれない。でも、俺は桜と、そういう〝家族〟になりたいと思ったから結婚した」

そこまで言った湊さんは、私の頬を伝う涙をぬぐった。

「だから、俺の奥さんでいる資格がないなんて、冗談でも言うな」

言い終えた彼は痛くもない力で私の頬を、そっとつまんだ。それだけでまた涙があふれて、彼の笑顔がボヤけてしまう。

「ただの理想にすぎないかもしれない。でも俺は、桜とそういう距離で愛し合いたい」

真っすぐで力強い言葉は、いつだって私の心を強く揺らすのだ。

——〝家族〟の形。彼の言う通り、中には例外もあるだろう。

けれど〝家族〟とは本来、彼の言う通りのものなのだと私も思う。綺麗ごとに聞こえるかもしれないけれど、理想の家族の形は……今、湊さんが言った姿をしているのだろうと私自身も思いたい。

「桜は、どう思う？」

「わ、私も……湊さんと、湊さんが言ってくれたような家族になりたい」

ほとんど反射で答えていた。やわらかに目を細めた彼は、私の髪を愛おしそうに何度もなでる。

「私も、ありのままの自分を預けて、湊さんに預けられてっ。愛で結びついた関係をつくっていきたいっ。家族になりたい……っ」

「……うん」

額に温かな唇が触れた。一瞬だけ触れたぬくもりはすぐに離れてしまったけれど、名残を惜しむように今度は額に額をあてられて、息もぶつかる距離で目が合う。

「だったらもう、俺に恩返しだとか余計なことは考えなくていい。桜はただ、俺の隣で幸せになってくれたらいいんだ」

頬を伝い落ちた涙が、膝の上で繋がれた手の甲に落ちた。

——好き。大好き。あふれる思いのすべてを、彼に伝える方法がわからない。

言葉にするのは簡単だけれど、それだけではもう足りないのだ。

「桜、俺、本当は——」

けれど、続けて彼がなにかを言おうとしたとき、ふと、視界の端に移った祖母の手がピクリと動いた。

「お、おばあちゃん……っ⁉」

椅子を蹴倒す勢いで立ち上がった私は、慌てて祖母の手を取り声をかけた。湊さんもすぐに気がついて、祖母のそばに寄る。

「おばあちゃんっ、私、桜！　わかる⁉」

必死に声をかけると、この二日間、閉じられたままだったまぶたがゆっくりと持ち上げられた。「意識が戻りました……！」と、ナースコールを押したのは湊さんで、私は祖母の手を握ったまま何度も何度も声をかけ続けた。

「さくら、ちゃん……？」

酸素マスクをつけたまま、くぐもった声で、祖母が私の名を呼んだ。私は何度も必死にうなずきながら、「ここにいるよ」と、答え続けた。

「相変わらず予断を許さない状態ですが、意識が戻られたのは奇跡的としか言いようがありません」

その後、ほんの少しおばちゃんの容態は落ち着いたように思えたけれど、先生は私と湊さんに深刻な現実を淡々と告げた。

「いつ、なにがあってもおかしくないという状態です。もちろん、こちらとしては最大限手を尽くさせていただきますが……」

その言葉を、どこか他人ごとのように聞いていた自分もいる。だって、おばちゃんは目を覚ました。だから絶対大丈夫だと、私はどうしても信じたかったのかもしれない。

「わかりました。ありがとうございます」

先生に頭を下げた湊さんの隣で、私も静かに頭を下げた。そうして彼と連れ立って祖母の病室に戻れば、私たちの気配に気づいた祖母が、閉じていたまぶたを音もなく持ち上げた。

「……桜ちゃん。明日は、お仕事でしょう?」

蚊の鳴くような声で言った祖母は、看護師さんから今が日曜日の夜であることを聞いたのだろう。

「明日はお仕事なんだから……今日はもう、早くお家に帰らなきゃ」

次の瞬間、涙があふれた。こんな状況でも、祖母は私のことを心配してくれている。

「おばあちゃんは、そんなこと気にしなくていいんだよっ。だって私が、おばあちゃんのそばにいたいだけだから……っ」

そばに寄って温かい手を取って、素直な気持ちを打ち明けた。すると祖母はゆっくりと私へ視線を移して、本当に一度だけ、ゆるりと首を横に振った。

「……そんなことをされてもね、私はちっともうれしくないわ」

「え……」

「桜ちゃんは仕事に行きなさい。それが、社会人としてのあなたの責任でしょう」

今にも消え入りそうなほど小さな声なのに、祖母の言葉は重く、力強かった。

それはまるで、小学生の頃……。宿題をやらずにテレビを見ていた私を叱るようなそれと似ていて、どこか懐かしさも覚えてしまう。

「私は、桜ちゃんをそんな無責任な人間に育てた覚えはないの。だから、あなたはあなたのやるべきことを、最後まで立派に勤め上げなさい」

厳しくも、優しい。真っすぐで律儀な祖母からの叱責だった。

私はうつむきかけた顔を必死にこらえて、唇を引き結ぶ。そうすれば、祖母は優しく目を細めた後で、そっと私の頬をなでた。

「おばあちゃんはね、これからもずっと、桜ちゃんのファン第一号よ」

――はじめて、アクセサリーづくりをしたのは、私が小学三年生の頃だった。大好きな祖母の誕生日になにかプレゼントをしたくて、手持ちのお小遣いを使って綺麗なビーズを買い込んだのだ。

そして、図書館で借りてきた本を見ながら、ビーズを使った指輪を作った。はじめて作ったビーズの指輪はひどく不格好だったけれど、祖母はとても幸せそうに微笑んで、『ありがとう』と言ってくれたのだ。

――一生、大事にするわね。

たぶん、あれが夢の始まりだった。自分の作ったもので、自分以外の人を笑顔にしたい。

それからコツコツといろいろなものを作っては祖母に見せ、将来の夢をあきれるくらいに語り続けた。

『おばあちゃん、桜ちゃんの夢を応援してる。だって、おばあちゃんは桜ちゃんのファン第一号だもの』

そう言って、私が作った不格好なビーズの指輪を、いつまでもいつまでも大切にしてくれた祖母。早くに亡くなった両親の代わりに私を今日まで育ててくれて、いつだって私の味方でいてくれた、たったひとりの家族だった。

「桜ちゃん、大好きよ」

ベッドの上に横たわる祖母の手を握り、何度も何度もうなずいた。

「私もっ、おばあちゃんが大好き……っ。おばあちゃんが私のおばあちゃんで、本当によかった……っ」

そう言うと、祖母は安心したように微笑んでから目を閉じた。呼吸は落ち着いていて、そのまま、間もなく眠ってしまった。

「……湊さん、家に帰りましょう」

祖母が眠ったのを確認してから、私はうしろに立つ湊さんに声をかけた。目もとに滲んだ涙をぬぐって、背の高い彼を見上げる。

「付き添っていなくて、いいのか？」

「はい。もう、大丈夫です」

たぶん、目は真っ赤になっているだろう。それでも私は精いっぱい笑ってみせる。

だけど、無理をして笑ったわけではない。もう、いつまでも泣いていてはダメだと思ったんだ。

いつまでも、周りに心配をかけるような私ではいたくない。だって、ひとりでも立派に歩いていけるように、祖母が私を育ててくれたから。

だから私はどんなときでも顔を上げ、前を向いて歩いていきたい。

「……帰ろう」

そんな私の決意をくみ取ってくれたのか、湊さんは穏やかに微笑んで、私の腰に手を添えた。

時刻は夜の二十二時を過ぎたところで、病院を出ると夜空にはわずかに星が輝いていた。

「私、クリスマス企画、絶対に成功させたいです」

隣に温かな体温を感じながら言葉にすると、彼にそっと抱き寄せられた。そうして何度も私の髪をなでた彼は私の顎に手を添えると、優しく甘いキスをする。

「大丈夫。きっと成功する」

それは、社長としての彼の言葉にしたら安直ではあったけれど、このとき湊さんは私の夫として私の仕事を応援してくれたのだ。

「ありがとう……湊。本当に、ありがとう」

はじめて、彼の名前を呼び捨てた。そうすれば彼は花が開いたように微笑んで、そっと私の額に口づけた。

重なる体のぬくもりは、いつまでも消えない。

そのまま手を繋いで車に乗って家に帰った私たちは、朝まで互いの存在を確かめ合うように抱きしめ合って、眠った。

「帰したくない」

「なるほど、ギフトシリーズか」

月曜日の朝。いつものようにマンションのエントランス前で別れ、予定通り出社した湊と私は、ルーナの打ち合わせスペースで再び顔を合わせた。

こうして改めて、社内で顔を合わせるのは久しぶりだ。一社員である私と社長である湊との接点はないに等しいのだから、当然と言えば当然なのだけれど……。

チャコールグレーのスリーピースに身を包んだ湊は今朝も見たはずなのに、社内で見ると何倍増しにもカッコよく見える。企画書を真剣に見つめる彼を色んな意味でドキドキしながら見つめていると、不意に顔を上げた彼と視線が交差した。

「根岸から事前に、この企画は花宮さんの意見が多く取り入れられていると聞いたけど、それは本当？」

家では仕事の詳細な話はしてこなかった。それは打ち合わせでチーフの根岸さんからなにかしらのアプローチがあるからだろうとも思ったし、勝手に話をするのはルール違反なような気もしていたからだ。

「は、はい。でも、もちろん私だけで思いついたアイデアではなく、ここにいる根岸さんやサツマさん、企画課のメンバー全員の意見を取り入れた上で、まとめた企画案です」

ルーナに入社して日の浅い私だけでは、到底思いつかないアイデアだった。思いついた後でブラッシュアップできたのも、経験の長いサツマちゃんや根岸さんの力とアドバイスがあったおかげだ。

「クリスマスに、〝感謝〟を目的としたジュエリーを、と思いついたのはどうして？」

尋ねられて一番に思い浮かんだのは、祖母と湊の顔だった。

「一般的にはクリスマスにジュエリーを贈る……といえば、恋人に贈るという認識があると思います」

慎重に言葉を選びながらも、素直な思いを口にする。

家族で過ごすクリスマス。恋人同士で過ごすクリスマス。友達と過ごす、クリスマス……。クリスマスの過ごし方にはいろいろあっても、そこに〝ジュエリーのプレゼント〟という付加価値が加われば、基本的には恋人や好きな人といった、〝恋愛〟が絡んだ贈り物に限定される。

「でも、クリスマスに恋人以外の人……家族や、大切な人にジュエリーを贈ってもいいじゃない、と思ったんです」

カップルだけではない。恋愛以外の目的で渡せるジュエリーがあったら素敵だと思った。そして、若い女性を中心とした幅広い世代に愛されている今のルーナなら、それができる力もある。

「今回の企画は、ルーナのジュエリーの可能性を広げる意味でも絶対に成功させたい事案だと思っています」

口添えをしてくれたのは根岸さんで、サツマちゃんも隣で力強くうなずいてくれた。

「社長からの要求にもあった通り、従来のクリスマス企画にはなかった新しい視点です」

再び企画書に視線を落とした湊は、長い指を口もとに添えて押し黙った。考え込むような仕草に相変わらずドキドキと胸は高鳴っていて、今、湊がなにを思うのか……。どんな答えが社長である彼の口から出るのかわからず、緊張で喉が鳴った。

「もちろん、ギフトシリーズの中では従来のターゲットである恋人へのプレゼントとしてのジュエリーも押さえています。その上で、我々は新しい風を――」

「いいな、この企画」

根岸さんがすべてを言い終えるより先に、凛と通る声が会議室に響いた。ゆっくりと顔を上げた湊の顔は自信に満ちあふれていて、再びその笑顔に見入ってしまう。

「これでいこう。俺も、これ以上の企画はないと思う」

言葉の通り、真っすぐな声には一片の迷いもなかった。胸の鼓動が速くなって、膝の上で握りしめた手には汗が滲む。

「時間がない中で、よくここまで企画をブラッシュアップしてくれた。この後はデザイン課とも企画を共有して、さらに細かく詰めていこう」

湊の言葉に、サツマちゃんが机の下でガッツポーズをつくった。根岸さんは「ありがとうございます！」と明るい返事をして、満面の笑みを浮かべる。

「では、僕たちはこの後早速、デザイン課に足を運びます」

その言葉を合図に、私とサツマちゃんも席を立った。そして、机の上に広がっていた企画書をまとめてファイルケースへとしまい、根岸さん、サツマちゃんに続いて会議室を出ようとしたのだけれど……。

「花宮さんは、この後先日の話の続きがあるから、少しだけ残ってもらってもいいかな？」

部屋を出る直前で、背後から湊に呼び止められた。彼の言葉に一瞬目を丸くして固まった根岸さんが言葉に詰まっていたけれど、すぐに湊が内容を補足する。

「金曜日の夜に、契約の話で花宮さんを連れ出しただろう？　その契約の話の続きが、まだ少しだけ残っているんだ」

――嘘。だってあの日、湊は私を歓迎会から連れ出した後、そんな契約の話はないと言ったんだ。

ただ、私に早く会いたかったから連れ出した。そう言って、あきれるくらいに甘く情熱的なキスをした。

だけど、そう思っても声にはできない。まさか、それが真実だと今ここで言えるはずがない。

「わ、わかりました。それじゃあ花宮、社長との話が終わったら企画課に戻ってくるように」

湊の嘘を真実だと思ってのみ込んだらしい根岸さんは、一度だけポン、と私の頭に手を置いた。それが根岸さんからの、「企画、通ってよかったな」という労いの意味が込められていたというのは、彼の表情で伝わった。

「すみません、社長とのお話が終わったら、すぐに戻ります」

わずかな罪悪感を覚えながら頭を下げれば、再び根岸さんは穏やかに微笑んだ。サツマちゃんも「待ってますね」と声をかけてくれて、ふたりの気配が会議室から遠ざかる。

「……職権乱用だ、って言ったらどうする？」

そして、ふたりの気配が完全に消えた後で背後から伸びてきた手が会議室の内鍵を回した。カチャリと機械的な音が響けば、密室のできあがりだ。

「……私はあくまで一社員にすぎないので、社長の職権乱用に抵抗する術がありません」

ぽつりとつぶやいて、背後に立つ彼を振り返った。するとすぐにドアに体を押しつけられて、唇を奪われる。

「そんなことを言われたら、これから何度も職権乱用したくなるけど？」

吐息も交わる距離で告げられた言葉は甘い。私の頬に流れる髪を指先ですくって耳にかけた湊は、先ほど見た笑顔とは比べ物にならないほど艶やかに笑ってみせた。

「企画、どうでしたか？」

甘い空気に流されそうになりながらも尋ねると、湊はそっと目を細める。

「今、職権乱用してる俺が言うのもなんだけど、贔屓目でもなんでもなく、最高の企画案だと思ったよ」

――最高の企画案。自分にとっては一番の褒め言葉をもらえて、胸が喜びで震えてしまう。

「でも……ほんとに、私ひとりで出たアイデアではないんです。根岸さんやサツマちゃん、企画課のみんなが何度も話し合う中で、自然とたどり着いた答えだと思っています」

湊を見上げて答えると、再び彼が優しく笑った。

そして不意に背中に腕が回され、体を慈しむように抱き寄せられる。

トク、トク、と耳に触れたのは、いつでも優しい彼の鼓動だ。一定のリズムを刻むそれに耳を澄ませれば、今度は額に口づけられた。

「それでも、桜がいなかったらまとまらなかった企画だろう」

その言葉に思わず泣きそうになったのは――つい昨日、自分は彼の役に立てないと思ったばかりだからだろう。

「……私、湊の役に立てたかな？」

ここは社内だというのに、つい気持ちが緩んでしまった。ぽつりとこぼせば体を抱きしめる彼の腕に力がこもる。

「当然だ。桜は俺が、結婚という最終手段を使ってまで手に入れたいと思った相手だ」

そうしてすぐに指先で顎を持ち上げられて、彼の綺麗な瞳の中に吸い寄せられた。

言葉はどこか乱暴なのに、心が幸せに満たされるのは、彼がどこまでも優しい人だと今の私は知っているからだ。

「でも……お仕置きだな」

「え？」

「また、役に立つとか立たないとか、くだらない話をしたから」

けれど、突然イジワルな口調になった湊は私の腰を引き寄せた。慌てて彼の胸に手をあて距離を取ろうと試みたけれど、そんなことは許してもらえるはずがない。

「それと、もうひとつ」

「もうひとつ？」

「根岸の奴……気安く触りすぎだ」

一瞬、なんのことかわからなかった。思わず目を丸くした私を見て、湊がそっと頭に手を置いてみせる。

「あ……」

『社長との話が終わったら、企画課に戻ってくるように』

それでようやく、湊がつい先ほどの出来事を言っているのだと気がついた。でもあれは、上司が部下を労う仕草で、なにか特別な意味があるわけではないのに。

「あ、あれは──」

「企画課に、帰したくないな」

「ん……っ」

そっと耳もとに唇を寄せた湊は、吐息の交じる声で鼓膜を揺らした。反射的に体をビクリとこわばらせれば、色っぽく微笑む彼に誘導されて、会議机の上に座らされる。

そして、両手をサイドに置いた彼に再び唇を奪われた。何度も何度も角度を変えては重なる唇に、段々と息が上がってしまう。

「ヤバイな、理性が追いつかない」

「や……っ、湊……っ」

その言葉を合図に机の上に押し倒されて、首もとに彼の唇を這わされた。慌てて口もとに手の甲をあて、声が漏れそうになるのをこらえてみたけれど、鎖骨をなぞる舌に体が勝手に反応してしまう。

「や、……あ、ダメッ」

「桜の甘い声、癖になる」

「だ、ダメ……っ、こんな……っ」

ここは、社内の会議室だ。こんなところでこんなこと──と頭では思うのに、与えられる甘さに自然と体の芯が疼《うず》いてしまう。

「こんな、の続きは？」

「や……っ、ん……」

「こんな場所で？　それとも仕事中に、こんなこと？」

「ふ、あ……っ」

ブラウスの裾から入ってきた手が、直に私の肌をなで上げた。そのまま下着の線をなぞった彼の指先が、焦らすように体を甘く責め立てる。

ダメだとわかっているのに声が漏れる。羞恥心と背徳感、その両方にいじめられ、段々となにも考えられなくなっていく。

「ヤバイな。桜がかわいすぎて、ここから出してやれそうにない」

「ん……っ」

再び深く甘いキスを落とした湊が、今朝、私が締めたネクタイを緩めた。

まさか、このままここで――？　けれど、そっと伸びてきた手がスカートの裾を持ち上げて、とうとう抵抗する力もなくしかけた、そのとき――。

ビクリ！と、肩が跳ねた。

コンコン、という軽快なノックの音が部屋に響いて、私たちは同時に動きを止めた。

「お取り込み中のところ、失礼いたします。この後のスケジュールが詰まっておりますので、お迎えに上がりました」

扉の向こうから聞こえたのは、湊の秘書である近衛さんの事務的な声だ。慌てて我に返った私は体を起こすと、いつの間にかはずされていたブラウスのボタンを必死にとめる。

「……近衛め」

苦々しく吐き出された湊の言葉に、顔は余計に熱を帯びた。

同時に、「ハァ」と息をついた湊が、壁一枚向こうに立つ近衛さんに声を投げる。

「ネクタイを結び直すまで、少し待て」

「み、湊……っ！」

突然、そんなことを言い出した彼を前に慌てて止めに入ったけれど、後の祭りだ。

ネクタイを結び直すまで待てなんて……。そんなの、今の今まで〝そういうこと〟をしていたと宣言したようなものだ。

だけど、そんなことは意に介す様子のない湊は私へ向き直ると、たった今緩めたばかりのネクタイを差し出した。

「邪魔が入ったから、続きは家に帰ってからしよう」

真っ赤になった顔を必死にごまかしながら、手探りで彼のネクタイを結び直した。

そんなことを言われたら、やっぱり返事に困ってしまう。相変わらず胸はドキドキと高鳴っていて、少しも落ち着いてくれそうになかった。

「……でも、今日もおばあちゃんのところに行くから」

ぽつりとこぼすと、湊は唇を引き結んだ。

だけど、それが事実で現実だ。それをわかっている湊もなにかをあきらめたように深い息を吐くと、そっと私の唇に口づける。

「桜は、俺を焦らすのが好きだな」

「そんな、こと……」

「わかった。そもそも、桜の〝心の準備〟ができるまでは待つ約束だしな。……それとも、桜が俺に抱いてほしいと言うまで我慢比べしようか？」

「な……っ」

「ほら、今日みたいに、また職権乱用して心の準備の手伝いをするのもいいし——家でもたっぷり、桜をかわいがる時間はあるし？」

やわらかに目を細め、首をかしげた湊は色っぽく笑ってみせた。そのまま私の手を引き立ち上がらせると歩みを進めて、内側からかけていた鍵に手を伸ばす。

「企画、楽しみにしてるよ」

会議室を出る直前、そう言った湊は私の髪を優しくなでた。そのときにはもう彼の顔はルーナの社長のものに戻っていて、抗議の言葉も言えなくなった。

「はい……がんばります」

湊はズルい。いつだって私を甘く溶かした後で、余裕たっぷりに笑うんだから。今だって、急に社長の顔に戻られたら、〝心の準備のお手伝い〟についての苦情は言えないじゃない。

「近衛、この後の商談は――」

不意に悔しさを覚えた私は、名残を惜しむように離された彼の腕を引き寄せた。

「え……？」

そして、戸惑う湊を無視して背伸びをすると、彼の頬にキスをした。

チュッと小さな音を立てて離れた唇。ふわりと彼の甘い香りが鼻先をかすめて、胸がキュンと高鳴った。

「さ、桜？」

「それじゃあ、失礼します！」

突然のことに驚き固まる彼を置き去って、ひと足先に会議室を出る。

思いきったことをしてしまった。でも、少しくらいは彼に仕返しをしたかったんだ。

「お疲れさまです」

「あ……お、お疲れさまです！」

会議室の外には近衛さんが待ち構えていて、心臓がビクリと跳ねた。赤くなった顔を隠すように慌てて会釈をした私は足早に企画課へと戻る。

相変わらず、ドキドキと胸の鼓動がうるさい。最後の最後に自分から、大胆なことをしてしまったと、後悔してももう遅い。

「あー、ハナちゃん、おかえりぃ。っていうか、なんか、顔赤くない？」

カブくんにされた指摘に、答える余裕もなかった。しばらくして近衛さんから届いた社内用のメールには、『社長がとても機嫌がいいです』とひと言だけ書かれていて、また頬が緩んでしまった。

たったこれだけで、元気になる私は現金だ。――企画はまだ、始まったばかり。

気合を入れる意味で頬を叩いた私は顔を上げ、息を整える。

そうして首もとのサクラのチャームに手をあてて、根岸さんとサツマちゃんのもとへ向かう足を急がせた。

「そばにいる」

「関係各所に送るプレスリリースの手配、よろしく」

クリスマスの新企画案が湊のもとを通ってから、あっという間に三ヶ月という月日が過ぎ去った。

あれからルーナのデザイン課と企画に基づくジュエリーのデザインや細かなすり合わせを繰り返し、いよいよプレスリリースの発信というところまでこぎ着けた。

クリスマスまでは、あと一ヶ月半。当初のスケジュールより少し押しているけれど、明日には各メディアを通してルーナのクリスマスジュエリーが世間に大々的に発表されることになる。

「明日のマスコミ対応も俺たち企画課の仕事だ。サツマと花宮……それと俺は、如月社長のインタビューに同行することになるけど大丈夫だな?」

明日のプレスリリースに伴って、社長である湊はテレビ取材を受ける予定になっていた。それも、お昼前に放送される人気番組の生放送だ。

ビジュアルでも人目を引く彼は、今や社長というだけでなく、ルーナきっての広告塔でもある。加えて若手社長としての実力も伴っているとなれば、テレビ局も取り上げ甲斐があるというものだろう。

「明日、花宮にはジュエリーの見せ方について、先方のディレクターと話して物撮りの様子を確認してもらいたい。俺はインタビューを務めるキャスターとの最終確認があるし、サツマには当日の撮影クルーの案内役を任せてあるから、手が回らない可能性もある」

たぶん、湊は失敗しない。だからこそ、明日の撮影を成功させるためには裏方である私たちの働きが重要となるのだ。

「わかりました。発売予定のジュエリーの詳細も先方には事前に伝えてありますし、物撮りの際の注意事項もお伝えしてあります。局側からもあらかじめ番組進行スケジュールと質問内容の資料もいただいていますし、数日前に近衛さんを通して、みな――いえ、如月社長にもご報告済みです」

ここ最近、うっかりすると湊、と名前で呼んでしまいそうになる。それは彼との生活に慣れてきたからでもあるのだけれど、相変わらず社内では私たちの関係は秘密のままだ。

「よし。そしたらあとで、近衛さんから質問の回答をもらってきてくれ。こっちでも、社長の答えは把握しておきたいからな」

今回の案件で企画課の仕事は、企画立案だけではないことを学んだ。企画立案、そしてその後の宣伝方法、関係各所へ配布するためのプレスリリースの作成、さらには取材やマスコミ対応まで仕事内容は幅広い。

「メールより、直接受け取ってきたほうがいいでしょうか」

「そうだな……。たしか、この後社長は社外打ち合わせの予定も入っているし、早めのほうがいいかもな」

「わかりました」

そんな企画課の仕事にも数ヶ月が過ぎた今、ようやく慣れてきた。私は根岸さんに指示を受けた後すぐに企画課を出ると、ひとり、社長室へと急いだ。

「――失礼します、如月社長はいらっしゃいますか?」

エレベーターに乗り、社長室のある階で降りた私は重厚な扉の前で足を止めた。コンコン、と軽快な音を鳴らして声を投げれば、中から湊の秘書である近衛さんが現れた。

「社長は先ほどウィズウエディングの代表に呼び出され、会食に出かけました」

「だから不在です」と続けた彼の手には目的であるインタビューの資料が握られていて、それをそっと差し出される。

「こちらを取りにいらっしゃったんでしょう？」

「あ……ありがとうございます」

さすが、カリスマ社長と名高い湊の右腕を務めるだけはある。今日中に企画課の誰かが資料を取りにくると思い、あらかじめ用意してくれてあったのだろう。

「如月社長の戻りは一時間後の予定です」

「そうなんですね……。でも、近衛さんが社長の外出に同行されないのは珍しいですね？」

「はい。実は代表との会食は月に一度ほど、代表の気まぐれでありまして。その際には親子水入らずで……という代表のご意向で、私は同行を控えさせていただいております」

なるほど。たしかに湊のお父様である代表のご意向であれば、従うほかないだろう。代表には代表付きの秘書もいらっしゃるだろうし、身内とあればある程度のスケジュールの共有もしているに違いない。

「ほかになにか、必要なものはございますか？」

尋ねられて手もとに落とした視線を上げた。慌てて「大丈夫です」と答えれば、近衛さんは表情ひとつ変えずに口を開く。

「なにかあれば、またご連絡ください。念のため、メールでもインタビュー内容の回答はお送りしておきますので」

抜かりない近衛さんの気遣いに、私は「ありがとうございます」と頭を下げた。

そうして踵を返して、たった今来たばかりの道を引き返そうとしたのだけれど──。

「──花宮さんは、〝運命の再会〟というものについて、どう思われますか?」

「え?」

唐突にそんなことを口にした近衛さんを前に、私は足を止めて振り返った。

……運命の再会? 思いも寄らない言葉に驚いて、のみ込むのに時間がかかった。

「三度目の正直……というものにかけて言えば、三度目の再会とでも言いましょうか」

突然、どうしたのだろう。近衛さんがなにを言いたいのかサッパリわからない。

けれど、彼の表情は相変わらず変化のない真剣そのものなので、私は少し考えてからゆっくりと口を開いた。

「運命の再会……というものが本当にあるのなら、それはとても素敵なことだと思います」

思ったことをそのまま口にした。すると近衛さんは一瞬だけ驚いたように片眉を持ち上げた後で、口もとを綻ばせる。

「そうですか。それならよかった」

なにがよかったのだろう、と、また疑問に思ったけれど、なんとなく尋ねるのは気が引けた。

もしかして——近衛さんの恋の話だろうか。だとしたら、その詳細を尋ねられるほど、私たちの距離は近くない。

「お忙しいところ、引き止めて申し訳ありません。またなにかあれば、ご連絡ください」

言われて私は再び頭を下げた後、今度こそ来た道を戻った。

——運命の再会。それも今後、またなにかの企画で使えるかもしれないな、なんてことを考えてしまうくらい、仕事は楽しい。

「うん？　ハナちゃん、どうしたの？」

「ううん、なんでもないよ」

企画課に戻ってさっそくノートにメモを残した。パソコンを立ち上げメールを確認しながら、近衛さんの恋がうまくいけばいいと思った。

「それでね、明日ついに企画の発表がされるの」

一日の仕事を終え会社を出た私は、真っすぐに祖母の待つ病院へと向かった。

危険な状態から抜けて奇跡的な回復を見せてから、約三ヶ月。相変わらず、いつなにがあってもおかしくないと言われているものの、祖母の容態は落ち着いている。

「すごいわねぇ。桜ちゃんが考えたものが、世の中のたくさんの人を笑顔にするのね」

祖母は以前よりも起き上がっている時間も減り、声が少し小さくなった。それでも私が関わった仕事の話をすると、祖母は本当に幸せそうに笑ってくれる。

「まだまだスタートラインに立ったばかりだし、やっぱり最終的にはデザイン課に移ってジュエリーデザイナーになりたいって想いは変わらないけど……。でも、今、企画課で学んでることは将来の役に立つと思うの。だから本当に楽しいし、すごく勉強になってるよ」

言いながら笑えば、祖母もまたうれしそうにうなずいてくれた。

今回の企画を通して、はじめてデザイン課のデザイナーさんたちとも話をした。たくさんのデザイン画を見せてもらって、色んな話も聞けたのだ。中には私と同じように企画課で仕事を学んでからデザイン課に移ったという人もいて、憧れの気持ちも大きくなった。

「クリスマスジュエリーのデザインも、どれも本当にかわいくて……。いつか私も、自分がデザインしたジュエリーを世の中に送り出したいって気持ちが強くなったよ」

一つひとつのジュエリーと向き合う。それはすごく幸せで楽しくて、毎日会社に向かう足は軽い。

「そう……私も本当に楽しみだわ」

ゆっくりと動いた祖母の手が私の手を取って、優しく動いた。この数ヶ月で祖母の手も体も、ずいぶんと痩せてしまった。

「うん、楽しみにしててね」

私はそんな祖母の手を包むと、精いっぱい笑ってみせる。

――クリスマスジュエリーが発売されたら、祖母に一番にプレゼントしようと思うのだ。だけどそれはまだサプライズとしてのお楽しみで、祖母には内緒にしている。

「それじゃあ、おばあちゃん。また明日ね」

その後もしばらく話し込んでから、私はいつも通り荷物を持って病室を出た。私が声をかけると祖母は無言で手を振って、静かに送り出してくれた。

明日は、がんばらなきゃ。

明日の発表に向けてはやる気持ちを抑えきれずに家路を急ぐと、空には美しい星が輝いていた。

「おかえりなさい」

その日の二十一時過ぎ。連絡のあった通り帰宅した湊を、私は玄関先で出迎えた。

今夜はビーフシチューだ。湊のリクエストで前日から仕込んでおいた、祖母から教わった得意料理のひとつで、湊の好きなメニューでもある。

「秋乃さんの様子はどうだった？」

「うん。やっぱり少し痩せちゃったけど……今日も、落ち着いてたよ」

彼の手からトレンチコートを受け取って、祖母の話をしながらリビングへと向かう。

けれどコートをお決まりの場所にかけ、「先にお風呂にする？　それともご飯？」と聞いたところで、彼の腕につかまった。

「湊……？」

「……桜にする」

耳もとに唇を寄せてささやかれ、反射的に体が跳ねた。うしろから私を抱きしめる彼は、髪をアップにしているせいであらわになったうなじに、唇を押しつけた。

「み、湊……っ」

「この間つけた跡、もう消えてるな」

言いながら湊はチクリとした痛みを首筋に残した。湊はここ最近、こうして定期的に、私の体のどこかに所有印を残すのだ。

一応、服や髪で隠れる場所にしてくれるのは、彼なりの譲歩なのだろう。だけど私は鏡を見るたびに思い出しては体の芯が甘く疼いて、くすぐったくてたまらない。

「風呂、一緒に入ろうか」

スルリと服の裾から入ってきた手が悪さをした。湊と一緒に暮らし始めて早数ヶ月。私たちの関係は、いまだにプラトニックなままだ。

一度は覚悟を決め、彼の妻の務めとして、彼に抱かれようと思った。けれど、直前で私が怖気づいてしまって以降、いわゆる〝最後まで〟はしていない。

『桜の〝心の準備〟ができるまでは待つ』

約三ヶ月前、そう言った湊は言葉の通り、私の心の準備ができるのを待ってくれているのだろう。もちろん今のように過剰なスキンシップはあるけれど、彼はあくまで私の気持ちを優先してくれた。

いつだって優しい湊。今なら彼の妻の務めとしてではなく、相手が彼だからこそ、そういうことをしたいと思える。その思いは湊が〝家族になりたい〟と言ってくれたあの日を境に、段々と自分の中で膨らんだ。

だけど今さら、「準備ができました」なんて言い出す勇気もなかった。その上、ここ最近は仕事と祖母のことが重なって、言い出すキッカケすらなかったんだ。

「……それなら、背中、流そうか？」

——でも、それだけじゃない。ここ最近、湊はあえて私と〝そうならない〟ようにしているんじゃないかと思うときがある。

「私もお風呂、まだなの。ちょうど今日ね、サツマちゃんからすごく素敵なバスボムをもらったし——」

「ありがとう。気持ちだけ受け取っておく。桜に無理強いはしたくないし、桜だって仕事で疲れているだろう？」

「そんなこと……」

「ない」と言いかけて言葉を止めた。

ほら、今だって、そう。湊はなにかをこらえるように押し黙った後で切なげに笑うと、私の髪を優しくなでた。

その笑顔と手に違和感を覚えてしまうのは、彼と過ごす時間が増えて、以前よりも彼を知ることができたからだ。

「とりあえず、先に風呂に入ってくるよ」

「うん……」

「桜のビーフシチュー、楽しみだな」

短いリップ音を立てて唇が離れる。それだけ言い残した湊はひとり、バスルームへと消えてしまった。

残された私は、彼の唇が触れた自分の唇に指先で触れて息を吐く。

最近は、いつもこうだ。さんざん甘い言葉をささやいて、さんざん甘い刺激を私の体に残すくせに、最後までしようと強引には迫ってくれない。

もしかして、私の体に魅力がない？　もう、私とはそういうことをしたいと思えなくなったのだろうか。

それとももしかして、ほかに好きな人が――なんて、それは湊に限ってないだろう。

「やっぱり、私のせい、だよね……」

言葉にしたら苦しくなって胸の奥が締めつけられた。湊はきっと、私がまだ心の準備ができていないと思っているんだ。

こんなことならいっそ、「心の準備できたよ」と彼に宣言するべきだろうか。そう思うのだけれど今のように、『今日はここまで』と切り上げられてしまうと言い出すのも怖くなった。

心の準備ができたと告げて、拒絶を示されたら、たぶん私は立ち直れない。そもそも経験のない私は、どうすることが正解なのかもわからなかった。

「はぁ……」

――生殺しみたい。なんて、そんなことを女の私が思うのは恥ずかしいのかな。もう、これ以上考えたらどんどんマイナス思考に落ちていくだけだし、考えることをやめるのが一番だろう。

「よし……っ」

しばらくしてシャワーの音が聞こえてきたので、私は気持ちを切り替えてキッチンへと向かった。なにより明日は、大事な仕事がある。まずはそれが落ち着いてから、夜のことも考えよう。

エプロンを身に着けビーフシチューをゆっくりと弱火にかければ、リビングには芳《ほう》醇《じゅん》な香りが漂った。つられるようにバスルームから出てきた湊とふたり、ダイニングテーブルに座って手を合わせれば、首もとのサクラのチャームが小さく光った気がした。

「それじゃあ、今日はよろしく頼む」

翌朝、いつも通り揃って家を出た私たちは、エントランスの前で向き合った。

けれど今日は珍しく、湊に業務についての話をされた。普段、家では仕事の話はほとんどしない。それは仕事とプライベートを分ける彼の方針でもあるのかもしれないけれど、今日のテレビ取材は特別で、重要な案件だということを示している。

「取材も含め、発表が成功するように精いっぱい務めるよ」

改めて言われて、思わず顔が綻んだ。

「はい。私たち企画課は精いっぱい、如月社長のサポートをさせていただきます」

家ではあくまで夫婦でいたい。あえて言われたことはないけれど、たぶん、湊はそう思っているのだろうと解釈していた。

それは私も同じで、こうしてふたりきりのときに彼を〝社長〟と呼ぶことは結婚してから一度もなかった。

「それじゃあ、またあとで――」

けれど、そんなふうに互いに目を見合わせていたら、不意に鞄の中の携帯電話が震えた。

慌てて手に取り画面を見れば、そこには祖母が入院中の病院の電話番号が表示されていて、心臓が不穏に跳ねる。

――まさか。

そう思ったのはたぶん、いつか来るこの日を、私も覚悟していたからなのだろう。通話ボタンを押して耳にあてた私の声は震えていたかもしれないけれど、口から出たのはとても冷静な声だった。

「……はい、はい。わかりました」

電話口では看護師さんがせわしなく話していた。

――祖母の容態が急変した。一刻も早く病院に来てほしいという内容だった。

最後はどれだけ冷静に受け答えできていたかはわからない。首もとで光るサクラのチャームに手を添えた私は通話を切ると、ゆっくりと顔を上げた。

「どうした？」

「……おばあちゃんの容態が急変したっていう連絡だった」

湊にそれだけを告げれば、彼はすぐに自身の腕時計を確認した。

「わかった。すぐに病院に向かおう」

言いながら彼が私の腰に手を添える。

だけど、私は――今にも駆け出しそうになる足を懸命にその場にとどめて、真っすぐに彼の顔を見返した。

「……桜？」

「おばあちゃんのところには、行けない」

「え……」

「今日は大切な仕事があるから、おばあちゃんのところには行かない」

キッパリとそれだけを言って、うつむきそうになる顔を上げ続けた。湊は驚いたように私を見た後、訝しげに眉根を寄せると、珍しく苛立ちを含んだ声を出した。

「バカなことを言うな。怒るぞ」

わかってる。湊はそう言うだろうとも思ったし、彼は私をどうしたって祖母のところに行くように説得するだろうとわかっていた。

――だけど、

「私は……おばあちゃんと、約束したの」

脳裏をよぎるのは三ヶ月前、祖母に告げられた言葉だ。

具合の悪い祖母のそばにいたいと言った私を、祖母は静かに諭した。

『そんなことをされてもね、私はちっともうれしくないわ』

『桜ちゃんは仕事に行きなさい。それが、社会人としてのあなたの責任でしょう』

今にも消え入りそうなほど小さな声なのに、そう言った祖母の言葉は重く、力強かった。

『おばあちゃんは、桜ちゃんをそんな無責任な人間に育てた覚えはないの。だから、あなたはあなたのやるべきことを、最後まで立派に勤め上げなさい』

――それは、祖母から受けた、最後の叱責でもあった。

「仮に今……おばあちゃんのところへ行ったとしても、おばあちゃんは喜ばない」

断言すれば、湊の瞳がわずかに揺れる。祖母は私のアイデアが通って企画が実現することを、誰よりも喜んでくれていた。

「おばあちゃんは、今日の発表を楽しみにしてたの。それに私が関わっていて、立ち会うことを誇らしいと言ってくれた」

それなのに私が今、仕事を投げ出して駆けつけたら、祖母はまた、自分のことを責めるだろう。これまでずっと、自分の看病のせいで私の夢を奪ってきたと思っていた祖母に、最後の最後まで負い目を感じさせることになる。

「だから私を、仕事に行かせて。だってそれが、おばあちゃんの願いでもあるから。今日、私はインタビューとは別で、ジュエリーの物撮りに立ち会うことになっているの。ギフトシリーズは、私がルーナではじめて携わった仕事でもある。だから誰よりも、その魅力を伝えられる自信がある。今……私がやるべきことは、祖母のそばにいることじゃない。祖母のためにも、ルーナのためにも……クリスマス企画を成功させることなの！」

真っすぐに、湊を見つめた。

――私は引かない。だってこれが、私の出した答えだから。

「……桜の気持ちは、わかった。だったら今日は一緒に出社しよう」

そして湊はほんの少し考え込んだ後で、静かに口を開いた。

「でも、一緒に出社したら私たちの関係が……」

いつもはここで別れて私は電車、湊は車でルーナに出社する。それはルーナでは私たちの関係を隠しているからで、私が彼の妻であることを隠したいと彼にお願いしたからでもあった。

「桜の気持ちはわかった。だけど今、夫として桜をひとりにすることはできない」

だけど断言されて、今度は私が押し黙る番だった。

「それで、取材が終わり次第すぐに病院に向かう。近衛には病院と連絡を取らせて状況を把握させるし、万が一のときは無理やりにでも桜をタクシーに押し込むからな」

有無を言わさぬ口調で言いきる湊を前に、思わず目には涙が滲んだ。

「あり、がとう……」

声が湿った。本当は心細い思いでいる私に、彼は気がついていたのだ。

「俺の前では強がらなくていい。……いや、強がるな。俺はどんなときでも桜の味方だから、それだけは忘れるな」

肩を抱かれて、喉の奥が痺れるように痛んだ。

どんなに口では仕事に行くと言っても、祖母が心配である気持ちは変わらない。

このまま祖母を看取ることもできず、ひとりで逝かせることになってしまうかもし
れないと思ったら、どうしたってうしろ向きにもなってしまう。

私が出社することで、彼の秘書である近衛さんにも手間をかけることになるだろう。

仕事だって本当は、私の代わりなんていくらでもいるとわかっている。

「道中、引き返したくなったらいつでも言って」

それでも彼は、私と祖母の想いをくんで、現時点での〝最善〟を模索してくれた。

だったら今は、そんな彼の気持ちにも応えたい。

私は唇を引き結んで顔を上げると、目に浮かんだ涙をぬぐった。

「……行こう」

「……はい」

腰に回された腕は力強くて温かい。

……どうか、もう少しだけ。あと少しだけ、神様、お願い。

「きっと、大丈夫だ。すべてうまくいく、うまくいかせてみせる」

すっかり見慣れた景色を車の中から眺めながら祈り続けた。

そんな私の思いにも気がついていただろう湊は、ルーナに着くまでの間、私の手を握り続けていてくれた。

「ありがとう」


「桜、大丈夫か？」

無事にルーナに到着し、地下駐車場に車を停めた湊に連れ立って車を降りた。

さすがに一緒にエレベーターに乗るのは恐くて、エレベーター前で別れたのだけれど、幸いにも社員の誰とも鉢合わせることはなかった。

「なにかあれば、すぐに連絡しろ」

別れ際、湊は私の体を強く抱きしめた。なにかあれば連絡を……とは言っても、今日の湊のスケジュールは把握しているから、それができないこともわかっている。

「……うん、ありがとう」

それでも優しい彼を見上げて笑顔で答えた。

今日の私の仕事は湊の取材のサポートだ。生放送のテレビ番組の取材。大切に作り上げてきた企画の発表。ジュエリーの物撮りの立ち会い。

絶対に失敗はできない。そのために、今日まで企画課のメンバー全員で対策も練ってきたのだから、きっと成功してみせる。

「湊も、がんばって」

生意気だとは思ったけれど、彼の妻として言葉を添えた。そうすれば湊は私の額に軽く口づけた後、自身は乗らないエレベーターのボタンを押してくれた。

「――花宮、行けるか？」

予定通り企画課に着き取材の最終準備を進めていると、根岸さんに声をかけられた。

「資料もすべて、用意してあります。社長の準備も整ったと連絡がありましたし、取材後のジュエリーだけの物撮りの段取りもすべて終わりました」

顔を上げてから答える。そうすれば根岸さんは笑顔でうなずいてくれて、改めて時間の確認が行われた。

取材の撮影があるのは、ルーナの一階にある広いラウンジの一角だ。そこには日頃からルーナの売れ筋ジュエリーが展示されていて、その中には今日発表される、クリスマスジュエリーの一部も展示されていた。

そのクリスマスジュエリーの物撮りが行われるのは取材の後を予定している。すでにテレビ局のカメラも入り、照明やマイクの準備も整っていた。

あとは取材に来てくれる予定のリポーターと、用意してある椅子に湊が座るだけだ。

最終打ち合わせのために部屋にこもっている湊とリポーター、ディレクター、それに近衛さんとサツマちゃん。しばらく彼らのいる部屋の扉をジッと眺めていると、時間に余裕を持って全員が中から順に顔を出した。

「――それでは、本番五分前です。よろしくお願いします！」

カンペというものを持ったスタッフのひとりが声をかけ、和やかなムードのまま、それぞれがスタンバイの位置についた。

心臓は、暴れるように高鳴っている。チラリと湊をうかがえば、彼はひどく落ち着いた様子でリポーターの女性と談笑していた。

湊はメディアにもずいぶん顔を出しているし、こうした場にも慣れているのだろう。

……ああ、ダメだな。私ははじめての空気にのまれて、どうしても落ち着かない。

「それでは中継入りますー。五、四、三……」

独特なかけ声が入り、カメラが回る。予定時刻ピッタリで始まった取材は、概ね準備された原稿通りに進んでいった。

「今回、ルーナが発表した〝ギフトシリーズ〟は、従来のジュエリーが持つ恋人たちのための商品という概念を打ち崩す、新しい取り組みだと聞きました」

「はい。ルーナでなにか新しいものをやれないか……という僕からの無理難題を、我が社の有能な社員たちが叶えてくれた形です」

少しの冗談を交えながら、穏やかな口調で湊が答える。和やかなムードで取材は進んでいき、私の心も自然と落ち着きを取り戻した。

「たしかにクリスマスジュエリーに、恋人たち以外をターゲットとした商品を……というのは新しいですね」

「クリスマスに家族や友人、知人への感謝を込めたジュエリーを贈る、という発想は、僕もとてもおもしろいと思っています」

その瞬間、ほんの一瞬だけれど湊と目が合った。穏やかに、それでいて真っすぐな彼の綺麗な瞳に不意打ちで射抜かれて、心臓が波打つように高鳴った。

「お話を聞いて、私も今年は両親に感謝を込めてジュエリーを贈りたいと思いました」

「ありがとうございます。そう思ってくださるかたが、ひとりでも多くルーナの商品を手に取ってくだされればうれしいです」

ここで、いくつかのクリスマスジュエリーが紹介される。それは私が朝イチでディレクターさんと確認を取った、イチオシの商品たちだ。

必死に息を殺してはやる鼓動を落ち着かせた私は、手に持っていた進行表へと目を落とした。

ここまでは、さすがの湊というところだ。企画の売りとなる部分、それでいて押しつけがましくないプロモーションの仕方は文句のつけどころがないほど秀逸だった。オーダーメイドである、品のよいダークブラウンのスリーピースも彼の容姿をより引き立てていて、カメラ写りも問題ないだろう。

そしてこの後は、また少しの質疑応答が繰り返され、販売スケジュールやプレゼント企画など……。クリスマスジュエリーの詳細が発表されて、取材は終わりだ。

「では……最後になりますが、ズバリ、カリスマ社長と名高い如月社長が今、〝ジュエリーを贈りたい相手〟についてお聞かせください」

「え……」

けれど、次の瞬間投げかけられた、リポーターからの思いも寄らない質問に困惑の声が出た。

困惑しているのはサツマちゃんと根岸さんも同じようで、ふたりとも手もとの資料を慌ただしく確認する。

こんな質問……あらかじめ渡されていた資料には記載されていなかった。本来ならここで、イチオシのクリスマスジュエリーの話が出る予定だったのだ。もちろんそれは、私が今朝ディレクターと確認したギフトシリーズの商品のことでもある。

「これは噂で聞いたお話なのですけれど……。なんでも如月社長は今年ご結婚されたばかりとのこと！　そこで今日は、そのお話もぜひこの機会に、聞いてみたいと思いました！」

満面の笑みを浮かべるリポーターは、まるでイタズラに成功したと言わんばかりの表情《かお》をしていた。

かくいう私は、手の震えが止まらない。いったい、どうして今、そんな話をするの。あくまで湊は一般人。そんな、芸能人の結婚報告みたいな聞かれ方をするなんて不躾《ぶしつけ》だし、生放送の番組内で予定外の質問をするなんてどうかしている。

「今をときめく、イケメン社長のハートを射止めた奥様は、どんな方なのでしょうか？　また、如月社長はクリスマスに奥様へジュエリーを贈られる予定ですか？」

続けざまに投げられた質問に、思わず目眩を覚えそうになった。根岸さんも難しい顔をしているし、サツマちゃんは驚いた表情で固まっている。

だけど、これがただの収録であれば止めに入れても、今はそれができないのだ。

これは生放送。今、ここで止めに入ったら、その様子まで全国ネットで放送されてしまうことになる。

「ハハッ。イジワルなサプライズが、お好きですね？」

そのとき、不意に喉を鳴らして笑った湊がなにげない様子で口を開いた。

「そうなんです。実は僕も新婚でして。クリスマスにはもちろん、愛する妻にルーナ自慢のジュエリーを贈りたいと思っています」

あっさりと結婚を認め、なんの迷いもなく答えた湊の笑顔には隙がない。

でも、でも、でも——。そんなことを今、ここで大々的に発表してしまって大丈夫なのだろうか。放送を通じてはじめて知った関係各位に、迷惑がかかることはないだろうか。

「奥様からは、どのようなジュエリーが欲しいというリクエストはありましたか？」

「そうですね。とくにコレという注文は受けていませんが、それこそ妻には〝感謝〟しかないので、今回のルーナのクリスマスジュエリー、ギフトシリーズのどれかを贈りたいと思ってます」

けれど、私の心配をよそに、湊は淡々と答え続けた。それがあまりに普通でいつも通りだから、最初からこういう台本でもあったのかと思ってしまう。

「奥様に〝感謝〟とは、具体的にはどのような？」

「僕の妻は、僕が新しいルーナをつくり上げるキッカケをくれた人なんです。そして……それより以前にも、妻からはとても大切なものをもらっています」

「え……？」

思いも寄らない彼の発言に、私は目を見開いて固まった。

以前にも私から、大切なものをもらっている？

ルーナをつくり上げるキッカケについては以前、湊から聞かされたことがあったから知っている。私が卒業制作で出した作品を見て、湊は今のルーナのブランドコンセプトにたどり着いたということだ。

だけど、それより以前にも大切なものをもらった……とは、いったいどういうことだろう。

「そして今回の企画も、妻なしでは完成しないものでした」

「それはつまり……？」

「妻は僕の最愛であり、唯一無二の女性です。ギフトシリーズには、そんな愛がたくさん詰まっています。だからぜひ、多くの方に手に取ってもらえたらうれしいです」

湊がそこまで言ったところで予定の時間が来たのだろう。カンペを持ったスタッフが取材の終わりを告げる合図を出して、リポーターも素直に従う。

「素敵なお話をありがとうございました！　本日はルーナの如月社長にお話をうかがいました！」

締めの言葉も終わり、中継が切れた合図が出る。思わずホッと胸をなで下ろした後で、根岸さんがスタッフに抗議をした。

予定にない話だった。スタッフはほんの少し申し訳なさそうにはしていたけれど、たぶん、最初から湊の結婚話を放り込むつもりだったのだろう。

のらりくらりと謝罪を述べただけで、次の取材の申し込みまでしてくるありさまだ。私はそれを聞きながら、どっと疲れが押し寄せて、その場に座り込まないようにするのに必死だった。

「ハァ……とりあえず、無事に終わってよかったっすね」

いまだにバクバクと高鳴る胸に手をあてていると、サツマちゃんがこらえ兼ねたように息を吐いた。

「それにしても、あそこでさらにギフトシリーズの宣伝をぶち込む社長はさすがでしたね〜。見てるこっちはハラハラしたけど、アレを聞いたらイケメン社長の上に愛妻家だった！　って感じで、社長とルーナのイメージ爆上がりですよ、絶対」

「ビックリしたけど、奥さんうらやましいと思ったっす」なんて続けたサツマちゃんを前に、一瞬、返す言葉に迷ってしまった。

「根岸さんは怒ってるけど、最終的にはいい宣伝になったみたいだし、ほんとによかった」

とりあえず無難な返事をして、ホッと胸をなで下ろした。

あとはジュエリーの物撮りだけだ。今のサプライズ質問を盾に、とびっきり素敵に撮ってもらおう。

「それじゃあ、私はこの後、残りの商品の物撮りに――」

「――桜、行くぞ」

「え？」

けれど、サツマちゃんに言葉を添えて次の現場に向かおうとしたところで、突然背後から強く腕を掴まれた。

弾かれたように振り向けば、そこには今、取材を終えたばかりの湊が立っていた。

「え……みな――しゃ、社長？」

「この後の物撮りは、彼女以外の人間で進めるように手配してくれ。彼女は今から俺と病院に向かう。桜のお祖母様が、朝から危険な状態なんだ」

驚く私の言葉を切って、腕を掴んだままの湊がそばにいたサツマちゃんに告げた。

サツマちゃんは唖然として固まっていたけれど、彼の言葉にハッとしたように目を見開いた後で、私と湊を交互に見る。

「え、え、あの、なんで社長がハナちゃん先輩を――」

「問題ないな？　一刻を争う事態なんだ」

「え――あっ。は、はいっす！　事前の確認と段取りは、すでにハナちゃん先輩が済ませていて資料もまとめてくれてあるし、問題ありません！」

「ありがとう」

　いまだに固まったままの私の代わりに答えたのは湊だった。そうして彼は再び私に向き直ると、改めて口を開く。

「まだ間に合う。急ごう」

　言い終えると同時に、湊は私の手を引いて歩きだす。そのまま驚いた表情で固まる根岸さんの前まで行くと、迷いのない声を響かせた。

「次の俺の取材は夜だったな。それまで、俺と桜は家族の用事で抜けるが、時間までには戻る」

「え？　あ……えっと、わかりましたけど、あの、なんで社長と花宮が……」

「桜のお祖母様の容態が、今朝方急変した。だから俺は夫として連れ立って、今から病院へ向かう」

　――夫として。それはいっさいの迷いを持たない、凛とした声だった。

続けて湊は近衛さんを呼びつけると、この後のスケジュールの調整や仕事のことを手短に言い添え、再び私に向き直った。

「行こう」

引かれた手は強引なのに、優しい。うしろを振り向けば、根岸さんとサツマちゃんが相変わらず驚いた表情でコチラを見ていて胸が痛んだ。

「すみません、戻ってから詳しい事情はお話しします……！　次の取材までには必ず彼を連れて戻りますから、よろしくお願いします……！」

叫んでから、前を向いた。今は、それだけを言うのが精いっぱいだった。

結局、任されていた物撮りの仕事に立ち会うことはできなかったから、うしろ髪を引かれるけれど、今日一番の大仕事は今、無事に終わった。

湊はこの後、夜に取材が一件入っているものの、それは雑誌の取材なので同行はカブくんとナスさんになっている。湊はそれらすべてを把握した上で、今、私を連れ出そうとしてくれているんだ。

自分が私の夫で、家族であると言いきって、私を祖母のもとへ連れていこうとしてくれている。

「湊、ごめんなさい、私……」

「謝るな。桜はつらい中、よく仕事をやりきった。もう十分だ。だから堂々と、秋乃さんのところに駆けつければいい。秋乃さんは、きっと桜を誇りに思ってくれる」

言いきられ、こらえきれなくなった涙がこぼれた。優しい彼は私の中に残るわずかな不安も消し去ってくれたのだ。

「取材中も近衛が病院と連絡を取り合っていた。秋乃さんは相変わらず危険な状態らしいが……大丈夫。今から行けば、きっと間に合う」

彼の言葉を聞いて、祖母がまだ生きているのだと知り涙があふれた。今朝乗ってきた車の助手席に私を乗せて、湊は病院まで最短ルートで車を走らせた。

湊は間に合うと言ったけれど、本当に間に合うかどうかはわからない。こうして向かっている間に、祖母が息を引き取る可能性だってある。

それでも懸命に――ふたりで息を切らしながら、祖母の待つ病室へと向かった。

ドキドキと心臓は高鳴っていて、私は涙をぬぐう時間すら惜しんで前を向いた。

「おばあちゃん……っ」

そして、ようやく病室の前につき扉を開ければ、待ち構えていたように看護師さんと担当医が顔を出した。湊の指示で近衛さんが病院に連絡を入れてくれていたおかげで、私たちの到着が近いことを知っていたらしい。

「お待ちしておりました！」

医師の言葉を聞いた瞬間、間に合ったのだという安堵で再び涙があふれた。部屋に入ると弱々しい機械音だけが響いていて、耳の奥で何度も悲しくこだまする。

「おばあちゃん……！　おばあちゃん……っ」

何度呼びかけても、祖母からの返答はない。そうして、私たちの到着を待っていたかのように──跳ねていた機械音が、止まった。

それは命の終わりを告げる音に変わって、医師から祖母が息を引き取ったことを知らされる。

「桜……」

「おばあちゃん……っ、ごめんね……っ」

子供のように、声をあげて泣いた。それでも、祖母をひとりで旅立たせずに済んだという思いが、唯一私の心を救ってくれる。

今朝、祖母のもとに駆けつけず、仕事に向かうことを選択したことが正しかったのか、私にはわからない。けれど今、後悔せずにいられるのは、私の選択を受け入れ支えてくれた湊と、祖母のおかげだ。

彼が仕事を切り上げて、ここに連れてきてくれたから、祖母を看取ることができた。

なにより、私たちの到着を待っていてくれたであろう祖母は、最期まで私の祖母で、自慢の、おばあちゃんだった。

「……湊、ありがとう」

ぽつりとこぼすと彼の腕に抱き寄せられて、余計に涙が止まらなくなった。

「ありがとうは、俺のセリフだ。つらい中、俺の仕事のサポートをしてくれて、本当にありがとう」

「ひ……っく、う、うーーっ……」

年甲斐もなく嗚咽が漏れた。泣いても泣いても、涙が枯れない。

大好きな人との別れは、つらく悲しい。信じたくないのに受け入れなければいけないと思うのは、私が大人になったからなのだろう。

「このようなときに、申し訳ありません……」

と、そのタイミングで不意に、看護師のひとりに声をかけられた。

「実は、この手紙を花宮さんが握りしめていて……。たぶん、ご家族に宛てた手紙だろうということで、処置前にこちらで預かっていました」

渡されたのは、封筒にも入っていないサクラの絵が描かれた便箋だった。くしゃりとシワが寄っているのは、祖母が苦しみながらも、必死に握りしめていたからだろう。

「て、がみ……？」

「桜、読めるか？」

気遣うような湊の言葉に一度だけうなずいて、私は震える手でふたつに折られていた手紙を開いた。

【──桜ちゃんへ。】

そんな書きだしから始まった手紙には、大好きな祖母の見慣れた文字で、私への最後の言葉が綴られていた。

【──桜ちゃんへ。

この手紙を桜ちゃんが読んでいるということは、もう私はこの世にいないということですね。桜ちゃんと、もうお話ができないのはとても寂しいことだけれど、今、これを書いている私の心は、凪いだ海のように穏やかです。

これまでずっと、私がいなくなったら、桜ちゃんがひとりぼっちになってしまうのではないかと心配でした。けれどもう、心配する必要はありませんね。桜ちゃんには、湊くんというとても素敵な家族がいます。

私も彼が桜ちゃんの旦那様になってくれたこと、とてもうれしく、幸せに思います。

――大好きな桜ちゃん。どうか、彼と世界で一番幸せになってください。

小さなあなたと暮らし始めたあの日から、私の願いは愛しいあなたが、いつも笑顔であることです。

彼となら、きっと、きっと素敵な家族になれるでしょう。

彼ならきっと、あなたを生涯幸せで包んでくれると思います。

ふたりの間に、いつまでも〝愛の花〟が咲き続けますように。

最後に、湊くん。桜のことを、どうかよろしくお願いします。】

【――秋乃】と、震える字で書かれた手紙の最後には、自分のお葬式は最低限の親族のみでやってほしいという祖母からの希望が書かれていた。

「おばあちゃん……っ」

涙があふれて止まらない。大好きだった。ずっとずっと、ふたりきりの家族だった。

いつでも私の手を引いて、今日までずっと、守り続けてくれた、たったひとりの家族だった。

子供の頃からずっと、祖母だけが私の唯一の家族だったんだ。

「秋乃さんの最後の願いは、俺が絶対に叶える」

手紙を握りしめた私を、再び湊が抱き寄せた。

――だけど今は、ひとりじゃない。今は私にもうひとり、大切にしたい家族がいる。

私は祖母に、どれだけのものをもらっただろう。それなのに私は、どれだけのものを返せたのかもわからない。

それでも今……私が彼を愛しいと思えるのは、祖母が私を愛し、今日まで育ててくれたからだ。祖母が愛をくれたから、私は人を愛することができるのだ。

愛しいと思える人が、そばにいる。きっと、人はそれを〝幸せ〟と呼ぶのだろう。

――それから時間いっぱいまで泣いて、私は約束通り湊と連れ立って病院を出た。

この後、手続きなどやらなければならないことはたくさんあるけれど、まずは会社に戻ってやるべきことをやらなくてはならない。

「近衛からだ」

病院を出たタイミングで近衛さんから湊のところに連絡が入った。すぐに電話に出た湊は祖母のことを話すと、思いも寄らない言葉を口にする。

「この後、数日のスケジュール調整を頼みたい」

驚いて彼を見上げた私に、湊は穏やかな笑みを浮かべた。

「ああ。俺なしでも進められる案件は、来週以降に回してくれ。夜の取材は根岸でも対応できるはずだから、メディアに承諾確認してほしい」

迷いのない声で告げた湊は、そのまま通話を切ってしまった。突然のことに呆然としていた私は慌てて我に返ると、彼の腕を掴んだ。

「み、湊、どうしてっ。私はともかく、湊はプロモーションもあるし、仕事に行かないと――」

けれど、そこまで言った私の額に、コツン、と湊の長い指がぶつけられる。驚いて目を見開くと、湊が再び静かに口を開いた。

「今度こそ怒るぞ」

本当に、少しだけ怒った表情をした彼は、小さく息を吐いた後で言葉を続けた。

「この状況で、桜ひとりに今後のすべてを任せるなんて、できるわけないだろう？」

じわりと目には涙がたまって、自分の弱さにいい加減腹が立つ。

「幸せにするって誓った。それで桜と家族になった。この後の手続きや手配は夫である俺がやるべきことだ」

「みな、と……」

「そして、こういうときのために信頼できる仲間がいるしな」

そう言うと、湊は誇らしげに笑ってみせた。

彼の右腕である近衛さんならきっと、業務のカバーも完璧にしてくれる。

根岸さんもきっと、事情を告げたら「こっちは大丈夫だから」と言ってくれるのだろう。

そういう会社をつくったのは、ほかでもない湊なのだ。そして今、自分がそういう仲間と同じ場所で働けることを、心から幸せに思う。

「大丈夫。ずっとそばにいる」

「うん……っ」

今度こそ素直にうなずいて、彼の胸に額をつけた。すると大きな手が、何度も優しく背中をなでてくれた。

最愛の人との別れと、足もとを駆け抜ける冬の風。

けれど今は不思議と寒さは感じられなくて、心に灯った大きな明かりが、私を温めてくれていた。

「愛してる」


「ご迷惑をおかけしました」

祖母を送るための手続きや手配、葬儀を含めたすべてを終えた後、私はルーナに出勤した。

祖母が遺した言葉の通り、葬儀は一部の身内のみで執り行った。

その間、湊はほとんど私と一緒にいてくれて、彼の仕事のカバーもすべて近衛さんを始めとしたルーナの社員たちがしてくれたということだ。

「大変だったな」

会社に着いてすぐ頭を下げた私に、労いの言葉をかけてくれたのは根岸さんだった。

次いでタイミングを見計らったように声をかけてくれたのはサツマちゃんと、カブくんだ。

「あ、あの、ハナちゃん……いや、あの、如月夫人？」

「如月社長の奥さんがハナちゃん先輩って……あの、その、私たち、全然知らなくて……」

湊の妻が私であるということは、今回の取材を含めた一件でルーナ全体に知れ渡ってしまった。当然といえば、当然だろう。ルーナの社員の一部もあの撮影をこっそりと見にきていたし、あの取材を受けた後、湊が忌引休暇で数日休んだのだ。さらにはそれが、奥さんの親族が亡くなったためだということが、社内で通告されていた。

「今まで内緒にしていて、本当にごめんなさい。ルーナでは彼の妻としてではなく、駆け出しの一社員として扱ってほしかったので、私から内緒にしたいと申し出たんです」

誠心誠意そう言って頭を下げると、みんなは複雑そうな顔をした。

「そういう事情で申し訳ない。妻の願いを、俺は無下にはできなくてね」

けれど、複雑なみんなの気持ちを知ってか知らずか、ちゃっかりとついてきた湊がうれしそうに言葉を添える。思わず苦笑いをこぼせばカブくんとサツマちゃんは固まってしまって、根岸さんとナスさんは私と同様に苦笑いを浮かべていた。

「俺は、妻のお願いに弱いんだ」

「社長……ずいぶん、幸せそうっすね」

口がすべった、というより、思ったことがそのまま口に出たのはサツマちゃんらしい。

「ああ、そうだな。俺はもう最初から、桜を俺の妻だと社内中に触れ回りたかったのに、彼女の意向でできなくて……。今回、本意ではないにしろ、こうして公にできたことは俺としてはありがたい」

「これで堂々と、桜を自慢して回れるしな」なんて続けた湊は、私の肩を抱き寄せた。

不意打ちに顔が沸騰したように熱くなって、慌てて体を離して抗議した。

「み、湊……っ」

「ごめん。つい、癖で」

けれど、少しも悪びれる様子のない彼は、おもしろそうに笑うだけだ。結局あきらめて息を吐いた私は、改めて企画課のみんなに向き直った。

「あの、それで、私としては……本当に図々しいお願いかもしれないんですが、これからもこれまで通り、私を特別扱いせずにいてもらえたらうれしいです」

頭を下げると、私は首もとで光るサクラのチャームを握りしめた。

祖母のことは、お通夜や葬儀を終えたからといって簡単には割りきれない。けれど乗り越えるためには目いっぱい時間をかけて、昇華していくしかないことを、私は両親のときに学んでいた。

「私はまだまだここで、皆さんから学びたいことがたくさんあるんです」

「それはもちろん、ハナちゃん先輩がそう言ってくれるなら、コチラは大歓迎っすけど……ねぇ？」

一番に答えてくれたのは、サツマちゃんだ。次いでカブくんも同意してくれて、ナスさんも一度だけ大きくうなずいてくれた。

「根岸さん、あの……」

「もうほかに、大きな隠し事はないな？」

改めて尋ねられ、精いっぱい首を縦に振った。これ以上、大きな隠し事なんてあるはずない。あったとしたら、自分ではもう処理しきれないものだろう。

「そうか。それならもういい。花宮がこれまで通り扱ってほしいって言うなら、俺たちも、これからも仲間として花宮には企画課にいてもらいたい」

温かい言葉に、じんわりと胸が熱くなった。クリスマス企画もまだ、発売まで時間がある。実のところ、もしかしたら今回のことで気まずくなって、企画課から異動になったり、クリスマス企画の仕事からもはずれなきゃいけないのではないか……なんてことまで考えていた。

けれど企画課のみんなは、私が湊の妻であろうと、快く迎えてくれた。仲間だと言ってもらえて、こんなにうれしいことはないだろう。

「ハナちゃんは、もう企画課の大切な仲間だからねぇ」

ゆるりとした口調で言ったのはカブくんで、思わず「ありがとう」と答えた声が涙で濡れた。

「とりあえず休んでたぶん、たっぷりと働いてもらおうか」

「社長も、この後の打ち合わせの予定がありますので、そろそろお戻りください」

タイミングよく声をかけてくれたのは、湊のうしろに控えていた近衛さんだった。

「わかってるよ」と答えた湊は私の髪を優しくなでて、そっと耳もとに唇を寄せる。

「とりあえず、よかったな」

ぴくりと体が跳ねたのは、条件反射だ。

「今日から、一緒に帰ろう。だから仕事が終わったら、社長室に来るように」

ささやかれた声は業務用ではなく私用のもので、甘かった。思わず真っ赤になって耳を押さえると、湊は満足そうに笑って企画課を後にする。

「社長、想像以上にベタ甘っすね」

「胸焼けしそう」と続けたサツマちゃんは、おもしろそうに笑っていた。

……ほんとに、甘すぎる。それでも秘密を打ち明けた今、不思議と胸はすっきりしていて、なんだか心が軽くなった。

もしかしたら、これもすべて、おばあちゃんが与えてくれたキッカケなのかな……

なんて考えるのは、都合がよすぎるだろうか。

けれど、祖母が私にくれた最後のプレゼントなのだろうと考えたら、自然と顔が綻んだ。


終業時間いっぱいまで仕事をして、荷物を持った私は湊の待つ社長室へと向かった。

社長室に入るとすでに近衛さんの姿はなくて、思わず首をかしげてしまう。

「お疲れさまです」

「お疲れさま。それじゃあ帰ろうか」

「え……あの、でもお仕事は……」

「今日はもう終わったよ」

席を立った湊は慣れた手つきでコートを羽織ると、私のそばまで歩いてきた。

そうして腕を伸ばして私の肩を抱き寄せると、そっと額にキスをする。

「はじめて一緒に帰れると思ったら、驚くほど仕事がはかどった」

子供みたいなことを言って、湊は私の手をキュッと掴んだ。

「ということは、これからはほぼ毎日仕事がはかどって、近衛に喜ばれるな」

「ふふっ」

思わず笑みがこぼれる。

……湊の、こんなところも好き。そう言ったら彼は、どんな顔をするだろう。

そうして彼に連れられるまま会社を出ると真っすぐに、私たちは家路を急いだ。


「ごちそうさまでした」

久しぶりにふたりでゆったりと食事を済ませて、両手を合わせる。以前から思っていたことだけれど、一つひとつの所作が綺麗な湊は食事のときにも育ちのよさを感じさせた。

「洗い物やってる間に、湊はお風呂に入ってて」

食器をキッチンに運ぼうと立ち上がった。けれど、そんな私の手を——不意に、湊の手がつかまえる。

「湊？　どうしたの？」

「……桜に、大事な話があるんだ」

「大事な話？」

どこか不安げで、それでも真っすぐに私を見る彼の瞳があまりに真剣だったから、私はうなずく以外の返事ができなかった。

大事な話ってなんだろう。祖母の話か、それともなにか仕事に関する話だろうか。

「こっちで話そう」

彼に手を引かれ座らされたのは、いつも私たちが並んで座るソファだった。ギシリとスプリングが小さくうなって、私たちの重さのぶんだけソファが沈む。

静かな部屋の中には私たちの呼吸音だけが響いているようで、なんだか少し落ち着かなかった。

「……今さら、こんな話をするのはどうなのかって、ずっと悩んでた」

わずかな沈黙を破ったのは、湊の穏やかだけれど重さを含んだ声で、私は思わず首をかしげた。

「だけど本当は、最初に話しておくべきことだった。それでも桜にどう思われるか不安で……今度のクリスマス企画が一段落するまではと黙っていようと思ったんだ」

クリスマス企画が一段落するまで。それは、ギフトシリーズの公表が成されるまでということだったのだろう。

だけど湊がそこまで気にする話とはいったいなんなのか、まるで見当がつかなくて不安でゴクリと喉が鳴る。

「前に、桜がネックレスについて聞いてきたことがあるだろう?」

「ネックレスって……」

「ああ。桜がいつも身につけている、このネックレスについてだ」

私の首もとで光る、サクラのチャームのついたネックレス。

以前、このネックレスに似たデザインのルーナのジュエリーを見つけて、私は湊に聞いたのだ。

あのとき湊は、わかりやすく動揺していた。そして、『それはたしかに、ルーナのネックレスだ』と断言した後で、『このネックレスを作った人間を、よく知っている』と言ったのだ。

けれどその後、祖母の容態が急変したという連絡が入り、結局今日の今日まで、その話については聞けないままだった。

「このネックレスが、なにか……」

「そのネックレスは、本デザインのもととなる前の試作品なんだ」

「試作品?」

「そう。当時、ルーナに勤めていたデザイナーのひとりがデザインして作った、この世にたったひとつしか存在しないものってこと」

——以前、ルーナに勤めていたデザイナーが試作したもの。

思いも寄らない答えに、私は固まったまま動けなかった。

だって、どうして。あのデザイン画が描かれた頃のものであるとするなら、それは湊が生まれ変わらせる以前のルーナに勤めていたデザイナーの話ということになる。そんな人が作ったものがどうして今、私の首もとで光っているのだろう。

「なんで……」

「そのデザイナーに、子供の頃の俺はすごくかわいがってもらってた」

「え？」

「子供の頃、俺はよく当時のルーナに通ってたんだ。今思うと仕事の邪魔だっただろうとも思うけど、とくに新しいジュエリーが生み出されるジュエリーデザインの仕事に興味があったんだ。ほら、以前、桜に俺がどんな子供だったか聞かれたことがあっただろう？　そのとき答えた通り、子供のころの俺はとても好奇心旺盛で……。それで学校が終わると、その人のところによく顔を出して、かまってもらっていたんだ」

そのデザイナーの名前は、トウジさんといった。それが下の名前であるのか苗字なのかはわからないけれど、トウジさんの話をする湊の目はどこか寂しげで、優しかった。

「トウジさんは、俺が社長である父の息子だからとかそういうの関係なく、かわいがってくれて。忙しい両親の代わりに休みの日も釣りに連れていってくれたり、本当によくしてくれたんだ」

ルーナの親会社でもあるウィズウエディングの社長を勤めている湊のお父様は、湊が幼い頃から忙しい人だったのだろう。お母様もそんなお父様を支えるのに精いっぱいで、湊のことまで手が回らなかったのかもしれない。

「それで、ある日、そのネックレスを見せられた。すごく綺麗なデザインだって言ったら、トウジさんが俺にくれるって言ったんだ」

湊の話によれば、ネックレスの微妙なデザイン変更が決まって、新たにデザイン画を描き直すことになったからなのだという。

「本当はダメなことなんだけど、お前には特別だ……って、トウジさんがくれたんだ」

その頃のルーナのジュエリーは、ウエディングジュエリーに特化した高級ラインのものばかりだった。だから、どこかカジュアルさのあるデザインのネックレスは、上司にデザイン変更を言い渡されてしまったのだろう。

「そのとき、トウジさんが言っていたんだ。いつか、誰でもルーナのジュエリーを気軽に手に取って、オシャレとして身につけられる時代がくればいいのに、って。俺はその言葉を、今でもハッキリと覚えてる」

そして、その時代を湊は実際につくり上げた。

ああ、そうか――。湊がルーナをどうしても生まれ変わらせたかったのは、トウジさんとの約束があったからなのだ。

「その、トウジさんは今は……」

「……亡くなった」

「え……」

「事故で亡くなったんだ。高速道路のトンネル内での、トラックの横転事故に巻き込まれた。――桜も、知っている事故だろう？」

ドクリと心臓が不穏に跳ねた。思いも寄らない彼の言葉に、一瞬、息の仕方を忘れてしまった。

だって、その事故は。私の両親の命を奪った事故と、同じだったから。

「どう、して」

「あの事故が起きたとき、俺もあの場にいたんだ」

「え……」

「トウジさんに釣りに連れていってもらった帰りだった。俺は子供だからって理由と、軽症だったってことで救急隊にすぐに連れ出されて死なずに済んだけど、トウジさんは助からなかった」

咄嗟に口もとを押さえて息をのむ。

だってまさか、こんなこと。私は両親の事故のことを詳しく湊に話したことはなかった。

だから偶然なのだろうけれど、まさかその事故の現場に湊も居合せていたなんて思いもしない。

「トウジさんは、足を車に挟まれていて動けなくて。でも、そのそばでずっと、トウジさんを励ましてくれた夫婦がいた」

その夫婦も、頭と体に怪我をしていた。それでもふたりは懸命に、「がんばれ」と声をかけ続けてくれたのだと湊は続けた。

「その後、横転していた車から漏れたガソリンに引火して、事故の被害者が増えた。トウジさんを励ましていた夫婦も亡くなったっていうのは、ニュースを見てあとから知ったんだ。ふたりは……俺にも『大丈夫だから、あなたは早く逃げなさい』って懸命に声をかけてくれた。だから俺は今でもハッキリと、ふたりのことを覚えてる」

――ああ、そんな。その夫婦が誰なのかなんて、聞かなくてもわかってしまった。

「桜のご両親だ。本当に、ふたりには感謝しかない。あのとき、なかなかトウジさんのそばから離れようとしなかった俺に、桜のご両親が懸命に声をかけてくれたから、今の自分がいると思ってる」

頰を、温かい涙の滴が伝い落ちた。あの日は同窓会帰りの母を、父が近くの空港まで迎えにいったのだ。

『遅くなるかもしれないから、桜は、おばあちゃんの家で待っていなさい』

そう言われて、私は寂しさを覚えながらも言われた通り、両親の指示に従った。

「通夜には間に合わなかったけど、葬儀が執り行われることを親父のつてで知って、連れていってもらった。そこで俺は――あの夫婦に、子供がいたことを知ったんだ。当時の俺よりもまだ小さくて……かわいい、女の子だった」

両親の死を受け入れられず、公園でひとり、泣いていた。ブランコに乗って、お父さんとお母さんはどこに行ってしまったんだろうと考えた。

迎えにくるって言ったのに。待っててねって言ったのに、ふたりは私を迎えにきてはくれなかった。

「その子のご両親が自分にしてくれたように、俺は幼いながらにその子をなんとかして救いたいと思った。それで、事故以来、肌身離さず持ち歩いていたネックレスを、その子に渡したんだ。その子の名前がネックレスについていたチャームと同じ〝桜〟だったっていうのは……その一連の出来事を遠目から見ていた、当時の秋乃さんから聞かされた」

『桜ちゃんを励ましてくれて、ありがとう』

当時の祖母はそう言うと、湊の手を優しく包んでくれたらしい。湊は当時の祖母とも顔を合わせていたのだ。かたや私は、あの出来事を祖母も知っていたのだと、今、彼の話を聞いてはじめて知った。

祖母も当時のことを私にあえて話すこともなかったから、仕方がないだろう。それほど両親との別れは突然で、当時の私には受け入れがたいことだった。

「……二度目の再会は、本当に偶然だった」

湊の言う二度目の再会とは、卒業制作展でのことだろう。

けれどそのとき、その場にあったのは私が作った作品だけで、私は彼には会っていない。

「作者の名前が〝花宮桜〟だと知って、胸が震えた。まさか、こんな偶然があるのか、って。だけどあのときは、まだルーナを新しく生まれ変わらせるっていう仕事に手いっぱいで……桜に、合わせる顔はないと思ったんだ」

そして私たちは、三度目の再会を果たす。ネットショップを通じて、私たちは再び巡り合った。

……ああ、そうか。そういうことだったんだ。

『花宮さんは〝運命の再会〟というものについて、どう思われますか？』

『三度目の正直……というものにかけて言えば、三度目の再会とでも言いましょうか』

以前、近衛さんに聞かれた言葉が脳裏をよぎった。あのとき私は、それは近衛さんの恋の話なのかな、なんてのんきに思ったけれど、そうじゃなかった。

きっと近衛さんは全部知っていて……知った上で、私に問いかけたのだ。

湊と私の再会のことを、近衛さんはほのめかしたのだ。

「二度目の再会のとき……俺は仕事を言い訳にしたけど本当は、会わないほうがいいんじゃないかとも考えた。桜と俺は別々の人生を歩んでいて、桜はきっと、俺のことも覚えていないだろうと思っていたから」

だけど、ジュエリーが再び私たちを結びつけた。コスモスの運営者の名前を知って、もう居ても立ってもいられなかったのだと湊は続けた。

「近衛に、なんとかしてつかまえろと言った。近衛にだけは事情をすべて話して、どうにかして彼女とのアポイントメントを取るようにと頼んだ」

仮にもし、両親の事故と自分が関わっていることを私が知っていたら、自分の名前を出すのは警戒されるだろうと思った。だから、最初のメールのやり取りは近衛さんの名前だったのだ。

もちろん、そうでなくとも突然ルーナの社長である湊から連絡がきていたら、私は恐縮してあの場には足を運んでいなかったかもしれない。

そして結局……私は湊と、三度目の再会を果たした。

「桜と会って、桜がそのネックレスをしているのを見たら、感極まって胸が熱くなった。その上、桜と話して桜の言葉を聞いて、どうしたって俺は、君が欲しくなったんだ」

「湊……」

「あのとき桜は俺の誘いに対して、ルーナのためにも中途半端に介入はしたくないと言った。桜の立場であれば、ふたつ返事で誘いに乗ってもおかしくなかったのに、桜は自分の幸せよりも、ルーナの未来を思ってくれた。それはルーナのことが好きだからって……。そう言われて、もう気持ちを抑えられるはずがない。そうでなくとも、ずっと会いたくて、守りたかった相手だったのに」

涙の滴がひと筋、頬を伝ってこぼれ落ちた。それを湊が優しく、指先でぬぐってくれる。

「それまで運命だとか、そういう曖昧なものを信じたことはなかった。だけど、桜を前にしたら運命を信じたくなった。桜と……家族になりたいと思った」

そっと抱き寄せられて、涙があふれる。あのとき湊が私に対してそんなふうに思ってくれていただなんて、私はちっとも気づけなかった。

「だけどそれから、どのタイミングでご両親の事故のことと、そのネックレスのことを話そうか、ずっと迷ってた。桜にとってのつらい記憶だろうし、話したことでそれを思い出させるのが怖かったんだ」

湊は、どんなときでも私の気持ちを一番に考えてくれていた。優しく守り、支えてくれて……私を想い、いつだって隣に立ってくれたのだ。

「それでも、話さなきゃいけないと思った。桜に、〝家族〟になりたいって言われたとき、そう思った」

「みな、と……っ」

「今までずっと、話せなくてごめん。桜……俺は、君を心の底から愛してる。それだけは生涯、変わらない。変わらない自信がある」

両親の事故のことや、トウジさんのこと。ネックレスのことや仕事のことをすべて取り払ったとしても今、自分は私を愛しているのだと湊は言った。

「桜を、抱きたい」

彼の熱のこもった言葉に心が震える。

「桜と……俺はもっと深く、繋がっていたい」

もう、心だけでは足りない。体も深く、繋がりたかった。

彼とひとつになって、深く深く愛し合いたい――。抱き合って抱きしめ合って、夜が明けるまで、彼とふたりで愛し合いたい。

「わ、私も……っ、湊のこと、愛してる……っ」

あふれた思いを口にする。

「湊に抱いてほしい……っ。湊じゃなきゃダメなの……っ。湊のこと、もっと知りたいっ。それで、湊のすべてを受け入れた――っ！」

言い終えるより先に、唇が重なった。そのまましばらくキスに溺れて、私の体は彼の腕に優しく抱え上げられる。

「ごめん……今日はもう、自分を抑えられそうにない」

「ん……っ」

「こんなに幸せだと思えることは、今まで生きてきた中ではじめてだ」

そう言うと彼は、私を抱え上げたまま寝室へと足を運んだ。

ギシリ……と、大きくうなったスプリング。ベッドの上に寝かされた私を組み敷くように、湊の体が覆いかぶさって窓の外の月が隠れた。

「や……、あっ」

彼の指先が私の体を甘く溶かす。そのたびに真っ白なシーツは波打って、部屋にはお互いの吐息が混ざり、響き合った。

「湊……っ、もう、ダメ……っ」

「もっと、声、聞かせて?」

「……あ、……やぁ」

彼の指先が、何度も何度も私の体を攻め立てる。数えきれないくらいにキスをして、体の至るところに彼は赤い花を咲かせた。

どれも愛しいと思えるほどに、優しく甘く、彼にトロトロに溶かされる。

「桜……愛してる……」

「あ……っ」

耳もとでささやかれ、体の芯が甘く震えた。さんざん溶かされたせいで体は彼を受け入れるための準備を終えて、それでも痛みが私の中心を駆け抜けた。

「みな、と……っ」

真っ白になりそうな思考の中で、何度も何度も、愛しい彼の名前を呼んだ。

――好き。大好き。愛してる。

首もとで光るサクラのチャームにキスをした湊が、私の耳もとに唇を寄せる。

「……俺のほうが、何倍も愛してる」

たぶん、絶対。

そんなことを言う彼が、愛しくて――。

「見つけてくれて……っ、ありがとう」

私は暖かい彼の腕の中で、あふれる幸せを抱えてそっと、微笑んだ。

いつも、君の心に愛の花。

「……運命の再会を、どう思う？」

　PCの画面に映し出された名前を見ながら、らしくない質問をした。すると前に立つ男は表情ひとつ変えることなく、実直に答えてくれる。

「運命の再会という言葉がある以上、現実にも起こり得ることだと思います」

　よく言えば正論、悪く言うと秘書という立場である近衛らしい返事に、思わず小さく笑ってしまった。

「それは、一社長を支える一秘書として、言葉を選んだ上での返答だろう。俺は俺の友人としての、お前の意見を聞きたいんだけど」

　頬杖をつきながら、端正な顔立ちを眺めた。そうすれば近衛はそっと息を吐いてから、改めて質問に答えてくれる。

「……秘書ではなく友人の立場としてコメントするなら、〝急にらしくないことを言いだして、お前はなにか悪いものでも食べたのか？〟ってところだな」

　軽口に相好を崩した近衛を前に、今度こそ声をこぼして笑った。十年来の付き合いにもなる友人に言われると、改めて自分が彼女のことになると心が揺れることを実感する。

「それで、どうして急に運命の再会だとか、夢見がちなことを言いだしたんだ？」

尋ねられて思い浮かぶのは、まだ幼い日に見た彼女の、儚げな笑顔だった。

――花宮桜。

かわいらしいその名前と三度目の再会を果たしたのは偶然だった。偶然、社内で話題になっているネットショップの話を耳にして、そこの運営者を調べたためだ。

思えばそれまでの巡り合わせもすべて、偶然だったように思う。

けれど数奇な偶然も重なれば運命に変わる――と思うのは、彼女と出会ったあの日から、彼女の名前を一度も忘れたことがなかったからなのかもしれない。

「……彼女に、会いたい」

こぼれた本音を拾ったのは近衛で、その後の出会いまでは実にスムーズに事が運んだ。

そうして彼女と三度目の再会を果たし、彼女のことを愛しい、守りたい、支えたい……と思ったときには、もうなにもかもが手遅れだった。

彼女を、ほかの誰にも渡したくない。気がつくと戸惑う彼女を押しきって、彼女を手に入れるために〝結婚〟という手段を選んでいた。

帰ってきて近衛に報告したら、さすがの近衛も驚いていたけれど、俺はあのとき欲望に従った選択をした自分を、心の底から褒めてやりたいと思っている。


「今日は、どうしてもお話ししたいことがあって来ました」

彼女との結婚を決め、彼女の育ての親でもあるお祖母様に結婚の挨拶に来た翌日。

俺は彼女に内緒で、再び彼女のお祖母様のもとを訪ねた。

それは桜をよく知る彼女のお祖母様にすべてを打ち明け、これから自分がどうするべきか、判断を仰ぎたいと思ったからだ。

優しく、朗らかに笑う桜のお祖母様――秋乃さんと会うのも、桜のご両親の葬儀以来だった。

「実は……桜さんとは以前にも、お会いしたことがあります」

突然の俺の訪問と告白にも、秋乃さんは少しも驚いた様子を見せなかった。そして秋乃さんは次の瞬間、思いも寄らないことを口にしたのだ。

「私とも、会うのは昨日がはじめてではないでしょう？」

驚いた、というほかなかった。まさかあの日の出来事を、秋乃さんが覚えているとは思わなかったのだ。

「覚えて……くれていたんですか？」

「ええ。不思議とね、昨日あなたと会ったときに、はじめて会った気がしなかったの。それで今、あなたの顔を改めて見て思い出したわ。あのときの男の子の面影が――あなたの目もとに、残っているもの」

　そう言うと秋乃さんは自身の左目の下を指さした。

　それがなにを意味するのか、すぐにわかった。秋乃さんは俺の左目の下にある、泣きぼくろのことを言っていたのだ。まさかそれだけで……と、にわかに信じがたかったけれど、秋乃さんは俺がすべてを話すより先に、俺があのときの子供なのだと確信しているようだった。

「それで、お話の続きを聞かせてちょうだい」

　秋乃さんには桜に通じる、やわらかさの中にある芯の強さを感じ取れた。

　それから俺は秋乃さんに促されるまま、桜のご両親の事故の現場に、子供の頃に居合わせていたこと。そして葬儀で幼い頃の桜に出会い、桜に彼女と同じ名前を持つネックレスを渡したこと。さらには十数年の時を経て、学生時代の彼女がつくった作品に出会ったこと。そしてそれによって救われ、今の自分がいること――。

今回、三度目の再会を果たしたことまですべて、洗いざらい打ち明けた。

「二度目の再会については近々、桜さんにきちんと話そうと思っています。ですが、ご両親の事故のことについては……彼女の心の傷を蒸し返すかもしれないという思いから、話さないほうがいいのか、迷っています」

なにを言っても動じない秋乃さんを前にしたら、自分の弱さをさらけ出すしかなかった。それでも秋乃さんは最後まで黙って、俺の話に耳を傾けてくれたのだ。

――桜のご両親も、とても立派な方たちだった。自分たちの命が危ない状況でも、見知らぬ子供である俺を励まし、危険な場所から遠ざけようと懸命に声をかけてくれた。

「だけど俺は、彼女に本当のことを黙っていることを、心苦しくも思います」

「……大丈夫よ。いつか必ず、あなたの想いは伝わるから」

けれど、続けた言葉に秋乃さんは優しく力強い声をくれた。思わず自分の手もとに落としていた視線を上げれば、花が開いたように秋乃さんは微笑んだ。

「小さな種から真っすぐに育った茎の先には、とても美しい花が咲くの。だから今は焦らず、辛抱強く待ってみて。時期がくれば自然と、そのときは訪れるから……。湊くん、桜ちゃんのこと、どうぞよろしくね」

渡された言葉には、大きな愛があふれていた。応えるように力強くうなずけば、胸に刺さった楔《くさび》がひとつ、抜けたような気がした。

「――それで、クリスマス企画であるギフトシリーズのキャッチコピーですが、当初の予定通り〝聖なる夜に、あなたの大切な人に特別なギフトを〟で行こうと思っています」

月曜日の朝。ぼんやりと、今は亡き秋乃さんとのやり取りを思い返していた俺に、威勢のいい声が投げかけられた。

現実へと引き戻されて顔を上げれば、こちらを真っすぐに見る男と視線が交差する。

「プロモーションに関しては、随時進行中です」

企画課でチーフを務める根岸だ。彼は仕事に対して抜かりのない男で、信頼できる人間のひとりでもあった。

「問題ない。そのまま進めてくれ」

フッと口もとを綻ばせて答えると、企画書を持った根岸が立ち上がる。そのとき、ふと手もとに残った企画書の一ページが目について――。思わず俺は、部屋を出ようとする根岸を引きとめた。

「ちょっと待て」

「はい？」

「ギフトシリーズのキャッチコピーだが……もう少し、端的なものにできないか？」

　ほとんど、反射的に出たような意見だった。反射的というより衝動的に、と言ったほうが正しいかもしれない。

「端的に、ですか？」

　突然の提案に首をかしげた根岸は、立ったばかりの椅子に腰を下ろして手を止める。

「ああ、キャッチコピーであるなら、長々としたものより一瞬で人の心に飛び込んでいくもののほうが効果的だろう」

「それは、たしかにそうですね」

「だとしたら、当初の予定だった〝聖なる夜に、あなたの大切な人に特別なギフトを〟というのはサブに回して、たとえばこんなキャッチコピーはどうだろう――」

　俺からの唐突な提案に、根岸は「いいですね」と、まんざらでもなさそうにうなずいた。

　そうして「企画課内で再度検討します」と言い残して、社長室を出ていった。

「世界で一番幸せに、か……」

誰もいなくなった部屋で、ふと脳裏をよぎったのは、秋乃さんが書き残した最後の手紙だ。

——幸せにしたい。たったひとりの愛しい彼女を、この世界の誰よりも幸せにしたいと思っている俺は今、仕事にほんの少しの私情を挟んだ。

けれど、それを言ったら彼女は、いったいどんな顔をするだろう。キャッチコピーの意図に気づいた彼女は、「職権乱用です」と笑うだろうか。

「ヤバイな……末期だ」

ぽつりとこぼして、自分の溺れ具合に自嘲した。想像したら愛しくてたまらなくなって、仕事中だというのに今すぐ彼女に会いたくなった。

「おかえりなさい。お疲れさまです」

その日は夕方から取引先との接待があり、いつもより帰りが遅くなった。一足先に帰っていた彼女は遅い帰宅にもかかわらず、俺を待ってくれていたらしい。

「お風呂沸いてるけど、どうしますか？」

癖になっているのだろう。ときどき口にされる敬語も愛しくて、もどかしい。

後頭部で緩くまとめられた髪に誘われるように手を伸ばした俺は、玄関先で彼女の華奢な体を抱きしめた。

「桜が一緒に入るなら、入ろうかな」

耳もとでささやけば、彼女の頬が淡く染まる。

「ひとりで入るのは、寂しいだろう？」

「ふふっ……湊ってば、子供みたい」

かわいい。愛しくて、たまらない。募る一方の思いをぶつける場所は彼女以外にはなくて、ここ最近は彼女の体にほんの少しの無理をさせてしまう。

「ごめん、限界」

「え？」

「桜……ベッド行こう」

「え……あっ！」

返事を待つより先に鞄を足もとに置き、彼女の体を抱き上げた。

そうして寝室へと一直線に向かうと、真っ白なシーツの上に彼女を下ろす。

「好きだよ、桜」

もう何度伝えたかもわからない、愛の言葉だ。それでも何度伝えても足りない気がして、言葉にせずにはいられない。

「今日も朝まで、離せそうにないな」

「やっ、明日も仕事なのに……、ん……っ」

彼女の小さな抵抗も無視して、髪をまとめていたシュシュを片手でほどく。今日も首もとには幼い自分が渡したサクラのネックレスが光っていて、それだけでまた愛しさが込み上げた。

「みな、と……待って……っ」

「待てないって言ったら？」

「もうっ。湊が帰ってきたら、言いたいことがあったのに……っ」

「うん？」

彼女が着ている服を脱がせながら首をかしげると、桜はあきれたように笑ってから俺の頬に手を伸ばした。

「……ありがとう」

ささやかれた言葉は甘い。甘くて、優しくて――まぶしい彼女から、一秒たりとも目が離せない。

「あのキャッチコピー、湊が提案してくれたんでしょう？」

そう言って、薄っすらと涙を浮かべる彼女を見て微笑んだ。仕事に私情を挟んでまで、大切にしたい言葉をどうしても俺は彼女に贈りたかったんだ。

『――ふたりの間に、いつまでも〝愛の花〟が咲き続けますように』

「桜、愛してる」

「私も、あなたのことが好き。……愛してる」

綺麗な涙の滴がひと筋、彼女の目尻からこぼれ落ちた。

それを合図に彼女の唇にキスを落として、首もとを締めるネクタイを片手でほどく。

「もうずっと前から、俺は君のことを愛してるよ」

ずっと、ずっと。この先も、俺の腕の中で笑っていてほしい。

いつまでも、どんなときも君を幸せにすると誓うから、俺のそばにいてほしい。

「湊が、私の幸せだよ」

耳もとで、しつこいくらいに愛をささやく俺に、彼女はそう言って笑った。

その言葉に幸せを感じる俺はもう、彼女なしでは生きられない。

「俺の幸せも、桜自身だ」

――数週間後、発売されたクリスマスジュエリーは、過去最高の売り上げを誇り、世間にルーナの名を知らしめた。

聖なる夜に、あなたの大切な人に特別なギフトを贈ろう。
大切な人に、感謝を贈ろう。
ルーナ・クリスマスジュエリー・ギフトシリーズ。
キャッチコピーは、〃いつも、君の心に愛の花〃。

fin.

特別書き下ろし番外編

「おはよう」

『どこまでも心の狭い男だな、とは思いますよ』

土曜の夕方。現在進行している商談についての連絡を入れてきた近衛に、プライベートな〝ある悩み〟を打ち明けたら、手厳しい言葉が返ってきた。

「心の狭い男って……仮にも秘書が社長に言うことか？」

思わず脱力すると、受話器の向こうの男は鼻で笑って、その抗議を一蹴した。

『それ以外に、言い方がないだろう』

もう完全にくだけた口調のそれは秘書ではなく、友人としての言葉だった。

けれど、公私ともに自分をよく知る男に断言されると、いよいよ返す言葉が見つからない。

「ハァ……。だけど、やっぱり心配なんだよ。同窓会なんて行って、どこの馬の骨ともわからない男が、俺の桜に近づかないか」

——今日、妻である桜は、高校の同窓会に出席している。

真っ白なシフォンのブラウスと膝丈のスカートに、ネイビーのパンプス。贅沢なブランド品で着飾っているわけではないのに、彼女は不思議と品があり、かわいらしかった。

『夕ご飯、ビーフシチューを作っておいたから、温めて食べてね。いってきます』

出がけにそう言った彼女の左手薬指には、ルーナのマリッジリングが光っていた。

『付き合いたての恋人でもあるまいし、なにがそんなに心配なのか、理解に苦しむ』

とうとう、うんざりとしたため息をついた近衛に、俺は先日、偶然社内で耳にした会話を思い浮かべた。

『──でも、意外でした。ハナちゃん先輩かわいいのに、元カレはひとりだけなんて。世の男ども、見る目なさすぎっしょ。でも高校時代の恋愛って、それだけで青春ですよねぇ』

『あはは、たしかにそうかも。その彼は同じ高校の同級生だったけど……今になって思うと、青春だよね』

ギフトシリーズがヒットして以降、ありがたいことに、ルーナは世間から注目を浴びる機会が増えた。その中でも学生から、ティーン向けの商品を発売してほしいという要望が多く、それについて企画課は今、新しい取り組みを議論している最中だ。

『学生時代の恋愛って特別っすよね。勝手に思い出が美化されるっていうか』

『うーん、そうだね。そう考えたら、その思い出の中にルーナのジュエリーがあったら……やっぱり、うれしいよね』

決して、ふたりの会話を立ち聞きするつもりはなかった。聞いてしまった後では、どう説明してもすべてが言い訳にしかならないかもしれないけれど、たまたまルーナのカフェスペースに立ち寄ったときに、企画課のメンバーと桜が話していたことが耳に入ってきたのだ。

桜は話に夢中で、俺がいることにも気がついていないようだったし、内容が内容なだけに、俺も話しかけるタイミングを逃してしまった。

社内で休憩中に話すことなんて、他愛のないことだろう。

だけど——どうしても、気にせずにはいられなかった。

学生時代の恋愛は特別。元カレはひとりだけ。そして、その彼は同じ学校の同級生——。

「どんな男か、気になるだろ?」

『だからって乗り込むなよ。前科がある奴に言っても、無駄かもしれないけどな』

近衛の言う〝前科〟とは、以前、俺が出張帰りに桜の歓迎会に乗り込んだことを指している。あれはまだ、桜と愛し合う前のことだった。

「あのときは、彼女のことに関して余裕を持つことができなかったんだ」

『それを言ったら、今だって十分、余裕はなさそうに見えるけどな』

つい、子供のような言い訳を口にした俺に、近衛は最後まで手厳しかった。

——久しぶりに、ひとりで過ごす夜は長い。

同窓会が終わるのは二十時過ぎだと聞いているし、そこから二次会、三次会と続けば、帰りは日付の変わる頃になるだろう。

「……そうだな。彼女のことに関してだけは、いつまでも余裕は持てそうにない」

ソファに背を預けて苦笑いをこぼすと、電話口の男がおもしろそうに笑った。

静かな部屋の中では、壁掛け時計のカチカチと時を刻む音がやけに鮮明に聞こえて、彼女が不在であることを余計に意識させた。

＊＊＊

「……遅くなっちゃったな」

久しぶりに顔を合わせた面々に懐かしさを覚えた私は、つい時間を忘れて話に夢中になってしまっていた。気がつけば時刻は二十三時を過ぎていて、終電までの猶予はほとんど残されていなかった。

「ごめんね、私、そろそろ帰るね」

時間を忘れていたのは、私だけではない。結婚して、すでに子供がいる子たち以外のほとんどが、三次会まで残っていた。

「えー、桜まで帰っちゃうのぉ!?」

「ダメダメ、桜は結婚してるんだから!」

「ここからは、独身貴族たちだけで飲みましょーう!」

「四次会行ったら、朝までコースだけどいいですかぁ?」

みんな、元気だなぁ……。

すっかりできあがっている旧友たちを眺めながら、私は携帯電話の画面を開くと、湊からの連絡がきていないかを確認した。

湊からはあらかじめ、帰りの時間がわかったら教えてほしいと言われていたのだ。

だから先ほど、お店を出る前に、【今からお店を出て帰ります】と連絡を入れたのだけれど、彼からの返信はまだ届いていなかった。

「ハァ……」

夜空を見上げながら息を吐いて、肩をすくめる。

『久しぶりに会う友達もいるんだろう？　せっかくだから、楽しんでおいで』

三週間ほど前、高校の同窓会があると言ったら、湊はそう言ってくれた。そして今日、私が家を出るときも、快く送り出してくれたのだ。

けれど、もしこれが逆の立場だったら――私は、彼を快く送り出すことができるだろうか。

……ううん、きっと無理だと思う。口では、「いってらっしゃい」と言って送り出すかもしれないけれど、胸中は穏やかではいられない。

それもすべて、彼が魅力的すぎるせいなのだ。ギフトシリーズのプレスリリースに合わせてテレビ出演して以来、湊の人気はルーナの人気とともに、うなぎ上りだ――というのは、ややデリカシーに欠けるカブくんから聞かされた話だ。だけど実際、あの放送後に各テレビ局から湊に出演オファーが殺到したのも事実だった。

その中から購買層により高く評価されている番組をいくつか選んで、彼がメディア出演したことも、ギフトシリーズがヒットした要因のひとつだと思う。

「――花宮も、これから帰るところ？」

ぼんやりと愛しい彼のことを考えていたら、突然背後から声をかけられた。

ハッとして振り向くと、思いもよらない人がいて、思わず目を見開いて固まった。

「佐々木《ささき》くん……」

つぶやいた私に答えるように、彼はニッコリと笑ってみせる。

佐々木くんは、私が過去に唯一お付き合いしたことのある男の子だ。高校時代、たった数ヶ月だけ恋人だった……いわゆる、元カレと呼ばれる存在だ。

「帰り際に、突然声をかけてごめん。会の最中は、なんか話しかけるキッカケがつかめなくて……。覚えていてくれてうれしいよ。俺もこれから帰るところだから、駅まで一緒に歩かない？」

そう言う彼の左手薬指には、私と同じように、プラチナのリングが光っていた。彼が今言った通り、会の最中は話す機会がなかったから気づかなかったけれど、どうやら佐々木くんも結婚しているようだ。

昔から真面目で誠実なイメージだったし、結婚していたとしても違和感はない。だけど、たった数ヶ月のお付き合いだったとはいえ、仮にも元カレとふたりで歩くのは、湊に対してうしろめたさを感じてしまう。

「あ、警戒しなくて大丈夫。俺、奥さんのこと大好きだし、学生時代に数ヶ月だけ付き合って自然消滅した元カノに再会して、今さらどうこうなるとも思ってないから」

思わず身構えた私の心情を、佐々木くんが察してくれた。生真面目なイメージしかなかった彼が冗談なんて言うから、つい、肩の力が抜けた。

あの頃は、ふたりきりになると、会話もまるで続かなかったのに。

確実に、私たちの間で時間は流れているのだ。知らない間に青春時代は終わって、私たちは大人になった。

「駅って言っても、改札まで歩いたら五分もかからないよ?」

「でも、その五分で話せることもあるだろ?」

「たとえば、どんな話?」

「んー。受験勉強にかまけて、せっかくできた彼女と自然消滅した、かわいそうな男子高校生の話とか?」

「……ふふっ、なにそれ」

軽口を言う彼に付き合っているうちに、自然と駅の改札に向かって歩きだしていた。

高校を卒業してからの進学先のこと。今、お互いがどんな仕事をしているか。新しく家庭を持って、毎日が充実していること――。

たった五分で話せることは、あまりにも少なかったけれど、不思議と恋人同士だったときよりも、ごく自然に会話ができたような気がする。

「……でも、花宮が元気そうでよかったよ」

「え？」

「ほら、花宮さ……。両親いなくて大変そうだったから。それなのに、学校ではいつもニコニコ笑ってて。俺、花宮のそういうところに惹かれたんだよな。強いなーって、ガキながらに感心してた」

改札まで、あと数メートル。不意に口にされた思いもよらない告白に驚いた私は、足を止めた。

そして私が足を止めたせいで、佐々木くんもその場に立ち止まる。

でも、まさか……彼がそんなふうに思ってくれていたなんて意外だった。私に告白したのも、今の今まで、なにかの気まぐれだったのだろう、なんて思っていた。

「あの頃の俺は結局、自分勝手な付き合い方しかできなかったけど。今、花宮が幸せそうで安心した」

「佐々木くん……」

「これからも、ずっと笑ってろよ？　花宮は一応、俺の初恋の人でもあるんだから」

「──桜」

そのとき、凛とした声が佐々木くんの言葉を遮った。

反射的に声のした方へと振り向くと、ネイビーのトレンチコートを羽織った湊が数歩先に立っている。

「み、湊?」

困惑の声をこぼすと同時に、湊がゆっくりと歩いてきた。そうして私と佐々木くんの前で足を止めると、改めて真っすぐに私を見つめた。

「どうして、湊がここに――」

「……遅いから、心配で迎えにきた。……それで、こちらの彼は?」

いつもより、ほんの少しトーンの低い声。それに一瞬、怯みそうになったけれど、私は慌てて我にかえると問いに答えた。

「あ……え、と。こちらは、高校でクラスメイトだった……佐々木くん。それで、あの、佐々木くん、こちらは私の主人です」

動揺を隠せぬまま、なんとか紹介すれば、佐々木くんが湊に会釈をしてくれた。

「佐々木くんとは、久しぶりに会って……それでその、ちょっと話が盛り上がって、今、ふたりで駅まで歩いてきたところなの」

「そうなんだ?」

私の言葉にそっと目を細めて笑った湊だったけれど、やっぱりいつもよりも声のトーンが低い気がする。

「すみません、俺が無理に誘ったんです」

「え？」

「この時間に店から駅までひとりで歩かせるのは心配だったから。花宮は遠慮してたんですけど、俺も結婚してるし、気を許したんだと思います」

そんな湊に対して朗らかな笑みを浮かべた佐々木くんは、淡々と説明をしてくれた後で再度私に向き直った。

「くだらない話に付き合ってくれて、ありがとう。なんか、昔に戻れたみたいで楽しかったよ。じゃあな。お幸せに」

「あ……さ、佐々木くんも！　お幸せにね！」

「うん、ありがとう」

そのまま右手を上げ、佐々木くんは颯爽と改札を抜けると、人混みの中に消えていった。あっという間に見えなくなったうしろ姿を見送ってから、改めて湊に向き直る。

「桜は……『俺の初恋の人』ね？」

「え……」

「もしかして彼が、桜の唯一の元カレ？　文句のつけどころのないくらい、普通にイイ男だったな」

ニッコリと微笑んだ湊の目は、まったく笑っていなかった。

「あ、あの……なんで、佐々木くんが私の元カレだって……」

「前に社内で偶然、桜と企画課の子が話しているのを聞いたんだ。立ち聞きしたみたいで申し訳なくて、そのときは桜に声をかけられなかった」

「え……」

思い出すのは数日前に、サツマちゃんとルーナのカフェスペースで談笑したときのことだった。サツマちゃんと学生時代の恋愛の話になって、唯一、お付き合いしたことがある佐々木くんのことを話したんだ。

「そう、だったんだ……。私、全然気がつかなくて……」

あのあと、湊もカフェスペースに立ち寄っていたということを、私はほかの課の女の子たちから聞かされて知ったのだ。そのときに、どうして声をかけてくれなかったのかな……と、疑問に思ったのだけれど、こういうことだったんだ。

私たちの関係が公のものとなって以降、湊は社内で会えば必ずひと言ふた言、声をかけてくれた。それは、すれ違ったときに、挨拶だけで済ませるのも逆に不自然だろうと湊が言うからそうしているのだけれど、サツマちゃんからすれば、すべて湊の溺

会の最中は一度も話す機会もなくて……」

「あの……佐々木くんとは、ほんとにお店から駅までの間に少し話をしただけで、会の最中は一度も話す機会もなくて……」

「へぇ？　じゃあ、機会があれば話したかったんだ」

「そ、そういう意味では……っ！」

「実際、楽しそうに話してただろ。よかったな、久しぶりに青春時代に戻れて」

今度こそ、あからさまにとげのある物言いをされて、思わず眉間にシワが寄った。

こちらはただ事実を述べているだけなのに、自分でも、なにを言っても言い訳がましく聞こえてしまうのが嫌になる。

「本当にただ、話していただけだよ？　佐々木くんだって、奥さんのことが大好きなんだって言ってたから、つい、私も……」

私も安心して、彼と駅まで歩いてきた。そう言いたいのに最後は声にならなくて、つい唇を噛みしめて、うつむいた。

仮にも佐々木くんは、元カレだ。今、どうこうなるわけではなくても、安易な気持ちで連れ立って歩いていい相手ではなかった。

事実、私は佐々木くんに声をかけられたときに、うしろめたさを感じて躊躇した。

湊は私を信頼して送り出してくれたのに、その彼の信頼を裏切ってしまったような気がして、心が罪悪感に覆われた。

もしも湊が同窓会に出席することになったら、自分はきっと胸中穏やかではいられないだろうと思ったばかりだったのに……。逆に湊が同窓会終わりに、以前お付き合いしていた女の子とふたりで帰ったと知ったら、嫉妬せずにはいられなかっただろう。

「ごめんなさい……」

そこまで考えたら、必然的に声が濡れた。湊に対しての罪悪感はもちろん、湊にはじめて突き放されるような言い方をされたことも、ショックだった。

「……いや、桜が悪いわけじゃない。俺が悪いんだ。なにより、言いすぎた」

「……ごめん」と続けた湊のバツの悪そうな声が耳に触れ、私はゆっくりと顔を上げた。

そうすれば湊は困ったように微笑んだ後、私の髪を優しくなでた。

「とりあえず、場所を移そう。そこでまた、ゆっくり話そう」

そう言った彼に手を引かれ、足を踏み入れたのは、駅近に門を構える高級ホテルのエントランスだった。

以前、プロポーズをされた際に泊まったホテルに引けを取らない、リッチなホテルだ。

けれど、恐縮する私とは裏腹に、相変わらず慣れた様子でチェックインを済ませた湊は、私の手を引いたままエレベーターに乗ると、真っすぐに部屋へと向かった。

その間、私たちの間に会話はない。結局、最後まで黙り込んだままだった彼について部屋の中に入ると、ふたり並んで大きなソファに腰掛けた。

窓の外には以前にも見た景色と似た、ジュエリーのようにまばゆい夜景が広がっている。けれど今はどうしてか、それすら曇って見えて、息をするのも苦しかった。

「彼のこと、知っていたのに黙っていて悪かった。それと、せっかく楽しい気分でいたのに、嫌な気持ちにさせてしまって、ごめん」

静かに告げられた言葉に、胸が痛んだ。私はこんなふうに、湊に謝ってほしかったわけではない。

ただ、私は――佐々木くんとは、もうなにもないのだということを、わかってほしかっただけなんだ。私が生涯愛すると誓ったのは湊だけで、湊以上の人なんて、どこを探してもいないのに。

「どんな奴だろう。どうせ、同窓会で再会した元カノの桜が大人になっていることに驚いて、帰りしなにちょっかいでも出してくるんだろうと思っていたら……予想を裏切られて、動揺したんだ」

「え……」

「それと同時に、近衛の言う通り、自分がひどく心の狭い男だってことを見せつけられたような気がして、自分自身に落胆した」

「そんな……」

「おかしいよな。もう結婚してるし、桜のことは信じてるのに……桜のことになると、いつも余裕がない。本当に、ごめんな」

「彼にも気を使わせて、悪いことをしたな」と続けた湊は、自嘲するように笑った。

そんな湊の表情は、いつもの余裕たっぷりな彼ではない。だけど湊が心の狭い男だなんて……そんなこと、絶対にあるはずがないのだ。

「自分が、こんなに独占欲の強い人間だなんて思わなかった。本当なら今日だって、いつも通り桜を迎えようと思っていたのに……」

「結局、台無しだな」と、息をこぼした彼を前に、私はもう涙をこらえることができなかった。

「わ、私のほうこそ、ごめんなさい……っ」

「……桜？」

「湊は心配して、わざわざ迎えにきてくれたのに……。あんな場面を見せて、嫌な気持ちにさせて、本当にごめんなさい……っ」

駅前で、湊に手を掴まれたとき、その手の冷たさに驚いた。彼はいったいいつから、駅で私の帰りを待っていてくれたのだろう。

私はお店の場所しか伝えていなかったから、ずいぶん長い時間待たせてしまったのだと思う。自宅のある最寄り駅からふた駅の場所とはいえ、彼は心配してわざわざ迎えにきてくれたのだ。

「車の中で、待っていてくれたらよかったのに。そうすれば、こんなに体も冷えなかったのに……」

けれど、私はどこまでも考えが浅かった。私の言葉に困ったように微笑んだ湊は、思いもよらない言葉を口にする。

「……今日は、車で来てないんだ」

「え……」

「たったふた駅だし、車を使うほどでもないかと思って……。だから、電車で来た。近くのカフェに入っていようかとも思ったんだけど、そうすると入れ違いにならないよう、桜に待ってることを知らせないといけなくなるし……。でも、俺が待ってるって知ったら、桜は遠慮して同窓会を切り上げて帰ってきそうな気がしてさ」

そう言うと、湊は私の髪を優しくなでた。だけど私は、その手の温度を感じながら、一瞬首を傾げかしげてしまう。

湊は、あまり人ごみを好まないので、移動のときには車を使うことが常だった。だから今日もてっきり、車で来ているものとばかり思っていたのに——。

今、湊は『たったふた駅だし』と言ったけれど、いつもそのたったふた駅のルーナ本社に出社するときだって、彼は車を使っている。

「あ……」

と、そこまで考えて、私はようやく気がついた。

——今日は、同窓会だった。でも、湊は〝あえて〟車で迎えにこなかったんだ。

それは私たち以外の誰かが聞いたら、「そうなんだ」で済む話だろう。だけど、私は——彼の意図に気がついた。意図というよりも、それはどこまでも優しい彼の気遣いだった。

「……湊、ごめんね。ありがとう」

再び、声が涙で濡れた。私の両親は、私が幼い頃に事故で亡くなった。それは、同窓会終わりの母を、父が車で迎えにいった帰りに起きた事故だった。

「……俺のほうこそ、ごめん。また、嫌なことを思い出させたな」

そっと、私を抱きしめる彼の腕は、いつだって温かい。

彼はいつだってこうして私を想い、包み込んでくれるのだ。

「もっとスマートに、迎えにくる予定だったんだけどな」

苦笑いをこぼした彼は、私の背中を優しくなでた。

――好き。大好き。いったいこれから何度、彼を愛しいと思うのだろう。どれだけ彼といる幸せを、噛みしめるのだろう。

「……私もね、ヤキモチ焼くくらい、湊が大好きだよ」

「え？」

「いつもね、社内で女の子たちが湊のことを見てたり、噂しているのを聞くと、湊は私の旦那様なのにーって思う。仕事だとしても、綺麗なリポーターさんとかと楽しそうに話しているのを見ると、嫌な気持ちにもなる」

今までため込んでいた思いを口にすると、湊は驚いたように目を見開いた。

「私だって、独占欲強いんだから。湊には、いつだって私だけを見ていてほしいし、無意識でもほかの女の子を夢中にさせないでほしい。湊に触れていいのも私だけだし、私以外の女の子には、絶対に触れさせたくな――んんっ！」

「触れさせたくない」と、言いきるより先に、湊の唇が私の唇を塞いだ。

そのキスがいつもよりも情熱的に感じるのは、きっと今、私たちがお互いを強く、求めているからなのだろう。

「湊……」

「……そうやって、突然かわいいことを言うな。桜にそんなお願いをされたら、どうしても叶えてやりたくなるだろう？」

そうはいっても、実際は、難しいこともわかっている。社長という立場の彼に、いつだって私だけを見ていてもらうことなんて不可能だし、魅力的すぎる彼が女の子に注目されずにいるのも不可能だ。

だから、私は——。私は、一番そばで、彼を支えられたらそれでいい。

ほかの誰がなんと言おうと、誰よりも彼を愛して、彼を大切にして……。

誰よりも、彼のことを幸せにするのは、私だから。それが一番贅沢な立場だとはわかっているけれど、それだけは生涯譲らない。

「……ふふっ。さっきのお願いは、叶えてくれなくてもいいよ。でも、そのかわりに……これからもずっと、私の旦那様でいてね」

「私も、いい奥さんでいられるようにがんばるから」と続けると、彼はなにかに撃ち抜かれたように、自分自身の胸を押さえた。

「湊?」

「……ほんと、桜はズルいな。ズルいというより、厄介だ」

「え……」

「頼まれなくても、そうするに決まってるだろ。……ああ、でも、そうだ。今日のこ
との、お仕置きはしないとな。元カレなんかと、楽しそうに歩いたんだから」

けれど、そう言って、不意にイジワルに笑った彼は、思いもよらないことを口にし
た。

「たとえ数分でも、過去の恋人と楽しそうに話し込んでいたことへの〝お仕置き〟」

「だ、だから、それは――」

「今日こそは、一緒に風呂に入ろう。もう桜の体の隅々まで見て知っているのに、そ
れだけはずっとお預けされたままだったから」

「そ……っ、それは無理だよ! お、お風呂なんて、恥ずかしすぎて、私――」

「いや、今日は異論は認めない。もちろん、バスルームの中でもたっぷりかわいがる
から、覚悟しろ」

言い終えて、額に口づけた彼の笑顔はとても幸せそうだった。だから私は、それ以

上の抗議の言葉は言えなくなって、彼の熱に溺れた。

「桜、愛してる」

のぼせてしまいそうなほど、深くて甘い、彼の愛。

けれど私はいつだってその心地のいい愛に包まれながら、明日という名のかけがえのない朝を彼とふたりで迎えるのだ。

fin.

あとがき

このたびは『新妻独占 一途な御曹司の愛してるがとまらない』を、お手に取ってくださり、ありがとうございます。作者の、小春りんと申します。

今作では、赤の他人だったふたりが結婚し、「家族」になるまでを描きました。

いろいろな事情が重なり、自分の夢や幸せを諦めてしまっていた桜。そんな彼女を大きな愛で包んで、優しく抱きしめた湊。湊に支えられながら、桜は少しずつ自分と向き合うことで、家族の在り方に気づかされました。けれどそれはあくまでほんの一部の在り方で、きっと、世の中に存在する家族の数だけ、その〝在り方〟は違ってくるものだとも思います。

実は私は本作を執筆中、長期入院をしておりました。物語の後半も、病室のベッドの上で書き上げました。妊娠が入院理由だったのですが、担当医からは最悪のケース、母子ともに助からない可能性もあると言われていて不安に思う日もありました（その後、無事に出産し、今は元気に過ごしております）。

入院中、自分を一番に支えてくれたのは、家族の存在でした。自分が一番つらいとき、一番そばで支えてくれる。この物語もそんな、誰かの心にそっと寄り添えるような、温かな物語になっていたらいいなぁと思います。

また余談なのですが、湊の秘書である近衛のお話も、八月にマカロン文庫より発売予定です。こちらでは、今作のふたりのその後を垣間見ることができるのと、近衛の色気たっぷりの恋を描いておりますので、併せて楽しんでいただけたらうれしいです。

最後になりましたが、いつも綺麗で優しい担当編集の鶴嶋さん。いつも私の意向をくんでくださる、編集協力の佐々木さん。素敵な表紙を描いてくださった亜子さん、デザイナーさん。スターツ出版の皆様。

そして今日まで支えてくださった、たくさんの読者様に心から感謝いたします。

あなたとこうして〝繋がること（Ｌｉｎｋ）〟ができたことに。そしてこれからもあなたの周りに、笑顔があふれますよう。精いっぱいの感謝と、愛を込めて。

二〇一九年七月　小春《こはる》りん（Ｌｉｎｋ）

小春りん先生への
ファンレターのあて先

〒104-0031
東京都中央区京橋1-3-1
八重洲口大栄ビル7F
スターツ出版株式会社　書籍編集部　気付

小春りん先生

本書へのご意見をお聞かせください

お買い上げいただき、ありがとうございます。
今後の編集の参考にさせていただきますので、
アンケートにお答えいただければ幸いです。

下記URLまたはQRコードから
アンケートページへお入りください。
https://www.berrys-cafe.jp/static/etc/bb

新妻独占　一途な御曹司の愛してるがとまらない

2019年7月10日　初版第1刷発行

著　　者　小春りん

発 行 人　松島 滋
デザイン　hive & co.,ltd.
校　　正　株式会社　文字工房燦光
編集協力　佐々木かづ
編　　集　鶴嶋里紗
発 行 所　スターツ出版株式会社
〒104-0031
東京都中央区京橋1-3-1　八重洲口大栄ビル7F
TEL　出版マーケティンググループ　03-6202-0386
(ご注文等に関するお問い合わせ)
URL　https://starts-pub.jp/
印 刷 所　大日本印刷株式会社

Printed in Japan

ISBN 978-4-8137-0713-4　C0193

ベリーズ文庫 2019年7月発売

『契約新婚～強引社長は若奥様を甘やかしすぎる～』　宝月《ほうづき》なごみ・著

出版社に勤める結奈は和菓子オタク。そのせいで、取材先だった老舗和菓子店の社長・彰に目を付けられ、彼のお見合い回避のため婚約者のふりをさせられる。ところが、結奈を気に入った彰はいつの間にか婚姻届を提出し、ふたりは夫婦になってしまう。突然始まった新婚生活は、想像以上に甘すぎで…。

ISBN 978-4-8137-0712-7／定価：本体630円＋税

『新妻独占 一途な御曹司の愛してるがとまらない』　小春《こはる》りん・著

入院中の祖母の世話をするため、ジュエリーデザイナーになる夢を諦めた桜。趣味として運営していたネットショップをきっかけに、なんと有名ジュエリー会社からスカウトされる。祖母の病気を理由に断るも、『君が望むことは何でも叶える』――イケメン社長・湊が結婚を条件に全面援助をすると言い出して…!?

ISBN 978-4-8137-0713-4／定価：本体640円＋税

『独占欲高めな社長に捕獲されました』　真彩《まあや》-mahya-・著

リゾート開発企業で働く美羽の実家は、田舎の画廊。そこに自社の若き社長・昴が買収目的で訪れた。断固拒否する美羽に、ある条件を提示する昴。それを達成しようと奔走する美羽を、彼はなぜか甘くイジワルに構い、翻弄し続ける。戸惑う美羽だったが、あるとき突然「お前が欲しくなった」と熱く迫られで…!?

ISBN 978-4-8137-0714-1／定価：本体630円＋税

『ベリーズ文庫 溺甘アンソロジー3 愛されママ』

「妊娠＆子ども」をテーマに、ベリーズ文庫人気作家の若菜モモ、西ナナヲ、藍里まめ、桃城猫緒、砂川雨路が書き下ろす魅惑の溺甘アンソロジー！　御曹司、副社長、エリート上司などハイスペック男子と繰り広げるとっておきの大人の極上ラブストーリー5作品を収録！

ISBN 978-4-8137-0715-8／定価：本体640円＋税

『婚約破棄するつもりでしたが、御曹司と甘い新婚生活が始まりました』　滝井《たきい》みらん・著

家同士の決めた許嫁と結婚間近の瑠璃。相手は密かに想いを寄せるイケメン御曹司・玲人。だけど彼は自分を愛していない。だから玲人のために婚約破棄を申し出たのに…。「俺に火をつけたのは瑠璃だよ。責任取って」――。強引に始まった婚前同居で、クールな彼が豹変!?　独占欲露わに瑠璃を求めてきで…。

ISBN 978-4-8137-0716-5／定価：本体640円＋税

タイトル、価格等は変更になることがございますのでご了承ください。